ILSE NEKUT

Alina,
die andere Frau

novum pro

Dieses Buch ist auch als
e-book
erhältlich.

www.novumverlag.com

Bibliografische Information
der Deutschen Nationalbibliothek:

Die Deutsche Nationalbibliothek
verzeichnet diese Publikation in
der Deutschen Nationalbibliografie.
Detaillierte bibliografische Daten
sind im Internet über
http://www.d-nb.de abrufbar.

Gedruckt in der Europäischen Union
auf umweltfreundlichem, chlor- und
säurefrei gebleichtem Papier.

© 2023 novum Verlag

ISBN 978-3-99146-019-0
Lektorat: PCR
Umschlagfotos:
Evgenia Silaeva I Dreamstime.com
Umschlaggestaltung, Layout & Satz:
novum Verlag

www.novumverlag.com

Climate neutral
Print product
ClimatePartner.com/16547-2201-1002

**Der erste Satz kann nicht geschrieben werden,
bevor der letzte Satz geschrieben ist.**

(Joyce Carol Oates)

1

Durch knöchelhohes Laub stapfte sie. Es war kalt, der Atem in der Sonne sichtbar. Goldene Blätter in den Bäumen, gleich würden sie fallen. Blattgold am Boden. Fast sank sie ein im Laubmeer. Es war wie das Wattenmeer, mit hartem Sand unter den Füßen. Erinnerung an Wind im Norden, vor vielen Jahren.

Die leichten, toten Blätter des Sommerendes schwebten schaukelnd zu Boden, zerbrechliche Gebilde. Sie trat darauf, vorsichtig zwar, aber sie trat darauf. Kein einziges der Blätter wurde von Klara dabei verletzt oder getötet. Das Laub war unverletzbar. War schon tot.

Der Frost knisterte wie Seidenpapier unter ihren Fußsohlen. Spiegelung des heute besonders großen sonnenblauen Himmels in diesem raschelnden, goldroten Meer, aber nur, wenn sie der Sonne entgegenging, immer entgegenging.

Blätter, die derart strahlten, das hatte sie zuvor noch nie gesehen. Sie würde nächste Nacht nochmals hierherkommen und sehen, ob diese Blätter auch im Dunkeln leuchteten. Wie fluoreszierende zarte Tierchen am Grund des Meeres, weit außerhalb des Watts.

Was wäre, wenn sie einsinken würde in diesem Blättermeer? Wie im Watt bei Flut. Wenn es keinen Halt mehr gäbe unter den Füßen. Trotzdem. Angst vor dem Versinken hatte sie nicht, eher die Sehnsucht danach.

Ein paar Schritte weiter fielen die Blätter plötzlich nicht aus den Bäumen nach unten. Nein. Es war umgekehrt. Das goldene, noch nicht ganz vertrocknete Laub erhob sich im leichten Wind vom Boden, tanzte schwerelos aufwärts, tanzte durch die kalte Luft hinauf in die Äste zweier Birken, blieb an den weißen Zweigen hängen, leuchtete stärker, je höher es sich im Geäst ansiedelte. Die Stämme der Birken waren kaum zu sehen, nur die Blätter. Blätterwolke statt Blättermeer.

Zwischen den Birken hing Jesus am Kreuz. Jesus, umrahmt von den dünnädrigen, aufwärts fliegenden Blättern, die der Kreuzestod nicht kümmerte.

Klara glaubte nicht an Gott, doch die Gestalt seines Sohnes vor ihr, der Gekreuzigte und das Blattgold um ihn herum, das war eindrucksvoll. Zugegeben.

Neben Jesus lag still ein verwilderter Garten. Ein unbeschnittener Apfelbaum nahe am Zaun. Die überreifen, verfaulten Äpfel waren ins Gras gefallen, noch immer rotbäckig, aber matschig weich mit braunen Flecken, angeschimmelt. Sicher wohnten Würmer in diesen Äpfeln, hell, farblos, dünner als Maden.

Was, wenn diese Würmer zu Jesus krochen? Auf dem Kreuzbalken hinauf, zuerst zu den Füßen, dann in seinen Körper. Ein bisschen Leben in ihm, dem toten Nazarener. Wurmstichiges Leben.

Da mahnte Klaras Armbanduhr. Kaltbeschlagene Uhr, die angehaucht werden musste, um die Zeit anzuzeigen. Klara wollte zurück, zurück ins Leben ohne Goldlaub und ohne Würmer.

Ins warme Leben.

In ihren Turm.

Fast hätte sie Jesus zum Abschied gegrüßt, aber wie grüßt man einen Gekreuzigten? Einen an hohes Holz Genagelten?

Auf ihrem Weg nach Hause machte sie sich Sorgen um diesen Jesus von Nazareth. Er hatte ja wirklich gelebt, daran zumindest glaubte sie.

Ob die gelbbraunen Birkenblätter, die Jesus an diesem Herbsttag umrahmten, ihn berührten, wenn sie zu Boden fielen? Oder ob sie wegblieben von ihm, weg von seinem Leib? Es könnte ja sein, dass eine verletzbare Stelle an seinem Körper entstand, wenn sich ein Blatt an seine Schulter heftete. An die Schulter wie bei dieser Sage um Siegfried. Siegfried im Blut des Drachen badend, ein Lindenblatt auf der Schulter, an dieser Stelle verletzbar. Und hier der nackte Jesus, fast überall unverwundbar. Nur an dieser einen Stelle, an die sich das Blatt heftete, würde man ihn töten können.

Aber Jesus war ja längst tot, also ohnehin nicht mehr verwundbar. Man musste sich keine Sorgen machen, auch Klara nicht. Menschen haben ihn zu Tode gehetzt. Ein Speer von Menschen, ein Kreuz, von Menschen gezimmert. Und jetzt hing er als schmerzensreiche Holzfigur am Rand von Klaras Weg.

Warum hatten so viele Menschen einen gehetzten, zu Tode gekreuzigten Erlöser ausgesucht, um ihn in ihre Zimmer, ihre Schulklassen zu hängen. Ein Verbrechen, fortwährend sichtbar. Warum verehrten sie nicht einen lächelnden, genießenden Gottessohn? Einen Gottessohn, der in Freude strahlt. Warum diese Marter?

Nein, so mochte Klara ihn nicht, so leidend. Sollte er doch weiter hier hängen, Erlösung hin oder her. Es war ihr egal.

Heimwärts, mit Haube und kaltsteifen Händen in den Taschen, sichtbare Atemluft vor der Nase, ein kaltes Prickeln auf der Stirn, dort, wo die Haube endete.

Anderntags packte sie ihre reichlich vorhandenen Acrylfarben zusammen, einen Kübel mit Wasser, einen dicken Pinsel. Sie ging den Weg zum Gekreuzigten hinauf, stieg auf die wackelige Bank, die unter Jesu Füßen stand, und lockerte die ohnehin nur mehr leicht verankerten, verrosteten Schrauben, die durch die Hände des Gottessohns gebohrt worden waren, von wem auch immer. Vorsichtig hob sie die hölzerne Figur vom Kreuz. Jesus war leichter als gedacht. Weg vom Kreuz hob sie ihn. Bettete ihn ins Gras. In die Sonne.

Und dann malte sie. Sie bemalte Jesus mit grünen, grellroten, in pink schillernden und gelben Farbinseln, umhüllt von tiefem Blau. Ein türkiser Ozean breitete sich auf Jesu Brust aus. Klara band ihm ein Tuch mit weißen Sternen auf rotem Grund um seine Stirn. Wie in Woodstock damals, wo dieser Jesus sicher anwesend war. Unsichtbar zwar, aber anwesend.

Da lag er nun, geschmückt mit bunten Linien und Flecken und mit einem Stirnband. Klara hob ihn wieder hinauf auf seinen angestammten Platz, betrachtete ihr farbiges Werk.

Sicher war Jesus Christus jetzt glücklicher auf seinem Kreuz.

Sicher.

Niemand hatte Klara gesehen.

Ihre Finger waren voller Farben, wie das Lendentuch des Nazareners. Sie lächelte ihn an. So einem Gottessohn konnte sie zulächeln. So einem schon.

2

Alina war anders als ihre Kolleginnen im Krankenhaus. Sie klagte nie über die Arbeit, fluchte aber mitunter leise. Fluchte, wenn der alte Herr im Zimmer 6 glaubte, ihr an den Hintern greifen zu dürfen. Fluchte, wenn das junge Ding im Zimmer 7 die Pflegerinnen ständig um irgendetwas bat. Fluchte, aber meinte es nicht so. Sie reagierte dabei die Belastung ab, unter der sie alle litten. Alina am wenigsten. Vielleicht weil sie fluchte.

Sie war vor 10 Jahren aus ihrer Heimat hierhergekommen. Hatte sofort Arbeit gefunden. Gute Krankenpflegerinnen waren gesucht. Wenn man sie fragte, woher sie und ihre Tochter kämen, sagte sie nur:

„Aus dem Land unter den Bomben"

Sie konnte den Namen ihres Heimatlandes nicht aussprechen, ohne dass ihre Stimme zitterte. Also Bombenland.

Nach der Trennung von Sadec hatte sie den Mädchennamen ihrer deutschen Mutter wieder angenommen: Schuhman. Ihr Vater hatte die Mutter zu einem durchsichtigen, willenlosen Wesen gemacht, darum wählte sie Mutters Mädchennamen. Genau darum. Vielleicht wollte sie die Mutter im Nachhinein retten, wenigstens ihren Namen dingfest machen. In Alinas Heimat hieß niemand Schuhman. Da hieß man Selinki, Worslow, Charinko. Jetzt aber hieß Alina Schuhman. Ihr gewalttätiger Vater war vor Jahren ums Leben gekommen. Unfalltod.

Schuhman – ein schöner Name. So rund und geschmeidig, fand Alina.

3

Bei einem gemeinsamen Spaziergang in der Mittagspause entdeckten Alina und ihr Freund Ralph einen bemalten Gottessohn. Der hölzerne Jesus, der da schon lange ruhig neben dem Weg hing, war mit bunten Farben beschmiert worden, von wem auch immer. Alina war entsetzt von so viel Respektlosigkeit. Sie empfand es als Vandalismus, den Gekreuzigten so herzurichten. Gut, sie war nicht gläubig, aber so eine Blasphemie wollte sie keinesfalls zulassen. Ralph fand zwar, dass sie sich raushalten sollten aus dieser Sache, aber Alina bestand darauf, Jesus wiederherzustellen.

Sie pflückten ihn ab von seinem morschen Kreuz, putzten ihn mit gro-ßen rauen Blättern, die neben dem Weg wuchsen, hängten ihn wieder an seinen Platz. Er war nun wieder Braun in Braun zu sehen. Nicht bunt.

Zu ihrer Arbeit im Spital kamen sie nach der Mittagspause gerade noch zurecht.

4

Wenn Alina ins Krankenhaus zur Arbeit fuhr, wählte sie immer den gleichen Weg. Rasch vorbei am Kindergarten, wo sie manchmal zwei Mädchen, die am Zaun winkten, kurz zuhupte. Es klang wie „Grüß euch, ihr beiden". Sie fuhr vorbei an der Feuerwehr, am Röntgeninstitut, an der „Lebenshilfe". Jedes Mal erinnerte sie sich an eine Freundin, deren Sohn in solch einer Werkstatt lebte. Die Operation, der sich der Bub als Baby hatte unterziehen müssen, war ihm zum Verhängnis geworden. Etwas zu viel Narkose, und schon war das Kind nicht wie andere Kinder. Es sah die Welt anders als andere Leute, vielleicht sogar bunter, vielfältiger. Es sah die Menschen anders an, betrachtete sie aus anderen Augen. Wie genau, das wusste niemand so recht. Das Wichtigste war, dass er selbst nicht sah, dass er anders war. Er war glücklich in seiner Welt.

Der Bub, inzwischen ein Mann, lebte schon lange so.

Alina war meist in Eile. Sie wusste, dass sie pünktlich zu ihrer Schicht erscheinen musste. Man brauchte im Krankenhaus jeden Pfleger, jede Pflegerin. Es waren schlechte Zeiten für Spitäler. Trotz der Belastung mochte Alina ihren Beruf, auch wenn er sehr anstrengend war. Manchmal wollte sie sich einfach zu einem Patienten ins Bett legen, entspannen, schlafen. Und manchmal wollte sie, wie die anderen auch, höheren Lohn für ihre Arbeit. Trotzdem. Alina war zufrieden.

Aus jenem Land, in dem jetzt schon lange Krieg war, war sie geflohen. Vor zehn Jahren. Geflohen mit ihrer Tochter Dina. Dina war gerade sieben geworden damals. Ihr schlechtes Gewissen wischte Alina weg. Das Gewissen, das ihr vorwarf, sie habe überlebt und andere nicht. Nein. Es war richtig gewesen zu fliehen. Die Tochter war zwar anfangs betrübt gewesen, hier in diesem fremden Land ohne ihre Freundinnen. Aber bald hatte sie neue gefunden, hatte Fuß gefasst im Friedensland. Und hier in Karberg, hier brauchte man Alina.

Von ihrem Mann Sadec war sie schon sehr lange getrennt. Er hatte im Bombenland bleiben müssen. Generalmobilmachung.

„Er ist im Krieg geblieben", antworteten Alina oder ihre Tochter, wenn sie gefragt wurden. Das hieß in Wirklichkeit Tod im Häuserkampf, im Schützengraben, aus dem Hinterhalt. Die Worte „Er ist im Krieg geblieben" verschwiegen das Grauen und das Sterben. Klangen glatt. Glatt wie Eis, unter dem es dunkel war und kalt.

Es war einer Freundin aus ihrer Heimat zu verdanken, dass Alina die deutsche Sprache heute perfekt beherrschte. Die Freundin war schon lange hier in Karberg, und sie hatte Alina gedrängt und gestoßen. Gedrängt, in einen Sprachkurs zu gehen. Und Alina war begabt. Es gelang. Sie sprach fast ohne Akzent. Auch ihrer Tochter Dina war ihre Herkunft kaum anzumerken.

Alina war im Spital angelangt. Vorbei der Kindergarten, das Röntgeninstitut, die „Lebenshilfe". Schnell in ihre weiße Arbeitskleidung und rasch hinauf in den 1. Stock, wo ihre Krankenstation auf sie wartete.

5

Klara wohnte in einem Turm, einem runden Turm. Freunde hatten die renovierungsbedürftige Burg, zu der dieser Turm gehörte, gekauft. Um einen Spottpreis. Der Turm war nicht verbunden mit der Burg, stand abseits des wehrhaften, etwas düsteren Baus. Fast im Wald. Und Klara hatte beschlossen, in genau diesem Turm zu wohnen. Ein Wohnturm also. Oder ein Wehrturm, ein Hungerturm, der Turm von Rapunzel mit den langen Haaren, ein Narrenturm, der Turm von Hölderlin, dem wahnsinnigen Dichter. Am ehesten ein Elfenbeinturm. Ein verträumter Rundturm jedenfalls. Die Schießscharten waren zu Fenstern ausgebaut worden, die maßgezimmerten Möbel passten sich der Rundung der Wände an. Auch eine Terrasse mit Ausblick auf den Ort Karberg hatte Klara anbauen lassen.

An schönen Tagen ging sie zu Fuß zur Arbeit, einen kurzen, schottrigen Fahrweg von der Turmwohnung aus talwärts. Dann noch ein Stück längs der Bundesstraße.

War das Wetter schlecht, fuhr sie mit ihrem kleinen, alten Citroën bis zur Buchhandlung, ihrer Buchhandlung.

Klaras Freund wohnte am anderen Ende der Stadt, ein verlässlicher Freund, der Distanz halten konnte, wenn sie es brauchte, der freundschaftlich mit ihr umging, der sie nicht jeden Tag in Beschlag nahm. Wenn sie zu ihm wollte, brauchte sie nur die Fahrt bis über die Buchhandlung hinaus fortzusetzen. In der kleinen Stadt Karberg war alles nah und übersichtlich.

Klaras Freund. Er wohnte nicht allzu weit von ihr entfernt, war Musiker. Er spielte in einem klassischen Quartett in der Hauptstadt. Mit Hingabe, mit Ernst, mit Leichtigkeit. Schubert, Brahms, Mozart, Haydn, das waren seine Freunde, seine Vertrauten. Komponisten, die jeder kannte. Es gab keine Überraschungen, und mit diesen Musikkumpanen fühlte Hannes sich sicher.

Die Musik war alles für ihn. Fast alles. Da war noch Klara, die genau wusste, wie fern er ihr eigentlich war. Aber sie wollte es so, genau so. Hannes redete nicht viel, weil er mit Worten nicht gut zurechtkam. Sie waren kein Ausdrucksmittel für ihn, es sei denn, er fand mit Klara ein gemeinsames musikalisches Thema. Dann brannte er. Manchmal.

Vielleicht hatten Erlebnisse aus der Vergangenheit ihn so „stumm" gemacht, so vorsichtig im Umgang mit Sprache? Klara dachte nicht lange darüber nach.

Oft war es Klara, die Worte fand, die ihren Freund erreichten. Sie erzählte von Büchern, die sie berufsbedingt gelesen hatte und von denen sie annahm, dass sie Hannes gefallen könnten. Und es klappte. Es kam sogar vor, dass Hannes das eine oder andere Buch las, von dem Klara erzählt hatte. Er las Sutner, Jäger, Zusak, aber auch Voltaire und Wittgenstein, sprach aber kaum darüber. Sprechen, das war Klaras Aufgabe.

Sie verstanden sich gut, auch wenn Hannes seine Gefühle ausklammerte. Klara wusste nicht, ob er keine hatte – was bei einem Musiker unwahrscheinlich war –, oder ob er sie nur verbarg. Es war ihr auch gleichgültig. Ihre gemeinsamen Gespräche genoss sie, den Sex weniger. Sie sprachen nicht über ihr körperliches Empfinden oder darüber, wie sie den Beischlaf für Klara erfüllender gestalten könnten. Vielleicht, weil ihr Liebesleben nicht aus Liebe entstanden war? Hannes wusste nichts über Frauen und ihre empfindsamen erotischen Stellen, nein. Und Klara versuchte nicht, sie ihm zu zeigen. Hannes war wesentlich älter als sie, aber das wäre kein Grund gewesen, nichts über Frauen zu wissen, im Gegenteil. Wenn sie bei ihm und selten mit ihm geschlafen hatte, verließ sie sein Bett um drei oder vier Uhr morgens. Sie wollte nicht in der Wirklichkeit neben ihm aufwachen. Frühstücken mit ihm, duschen bei oder gar mit ihm. Nein. Also keine Liebe. Fast erleichtert war sie nach solch einer halben Nacht. Fast erleichtert.

Warum sie zusammen waren, wusste Klara nicht so recht. Womöglich verbanden sie ihre Leidenschaften. Seine zur Musik, ihre zur Literatur. Sie waren wie feurige Liebhaber, aber nicht füreinander. Alina hatte ihn bei einem seiner Konzerte kennengelernt, nicht ahnend, dass sie Freunde bleiben würden. Freunde mit ein wenig Vertraulichkeit, das war alles. Oder trafen sie sich nur, um sich und dem anderen zu bestätigen, dass sie nicht allein waren? Nie fuhren Klara und ihr Freund miteinander auf Urlaub. Fast nie gingen sie aus, und wenn doch, dann meist im Nachbarort, wo keiner sie kannte. Im „Waldhof", da kehrten sie manchmal ein. Sie schämten sich nicht füreinander. Nein. Sie wollten aber neugierigen Blicken und Gerüchten keine Nahrung bieten.

Klara und Hannes trafen sich einfach, ohne getroffen zu werden, und sie verstanden es hervorragend, sich vor dem anderen zu schützen. Ihre Beziehung war stabil und ruhig. Und das war gut so. Klara mochte Hannes nicht missen. Das sicher nicht.

6

Wenn Klara zu Fuß zu ihrer Buchhandlung „Bücher von Klara"
ging, beschritt sie immer den gleichen Weg. Sie ging vorbei an der
Werkstatt für Menschen, die besondere Betreuung brauchten. Die
Leute in der Stadt nannten diese Werkstatt kurz „Die Lebenshilfe".
Dann stand da fast bedrohlich das graue Röntgeninstitut von
Dr. Vogt. Jenes Institut, in dem man Klara vor zwei Jahren Brustkrebs diagnostiziert hatte. Tage im Ausnahmezustand waren das
gewesen für sie. Die Angst hatte ihre Gedanken gelähmt, das Entsetzen darüber, bald „gehen" zu müssen, war als riesiger Schatten
über ihr gehangen. Das Schwert des Damokles. Nach einer Woche war die Starre vorbei. Eine Untersuchung in einem anderen
Institut hatte die Diagnose nicht bestätigt. Klara lebte wieder,
war wieder frei. Das graue, auch grauenhafte Institut neben der
Straße würde sie stets an die Zeit erinnern, in der sie den Tod zu
greifen, aber nicht zu begreifen begonnen hatte. Wieso hieß es
eigentlich *der* Tod? Warum war er männlich? In manchen fremden Sprachen war das nicht so.

Klara ging an der Feuerwehr vorbei. Ein Gemisch aus Angst
und beruhigendem Vertrauen erfasste sie jedes Mal. Sie würden
helfen, wenn ihr Turm brennen sollte. Sie würden helfen. Sicher.

Als letztes Gebäude längs der Straße, fast schon bei „Bücher
von Klara", lag der Kindergarten. Der Lärm der Kinder drang
nicht bis in die Buchhandlung, denn drei wuchtige Bäume ver-
hinderten die Schallausbreitung. Die Akustikwellen, ausgehend
von quietschenden Kindern, verfingen sich in den mächtigen
Kronen der Nussbäume und im Gebüsch über dem erdigen Boden. Manchmal geschah es, dass bei Sonnenschein ein oder zwei
Kinder zum rot gestrichenen Zaun gelaufen kamen und Klara
grüßten. Sie grüßten mit einem lachenden Gesicht. Ob es ein
Spiel war, ein Versuch, die Vorübergehende zu verspotten, oder
ob es reine Freundlichkeit war, konnte Klara nicht sagen. Sie
grüßte verschämt und etwas zu leise zurück.

Nach dem Kindergarten war Klara am Ziel. Sie lebte auf in ihrer Buchhandlung. Sie liebte sie. Und die vielen Bücher bildeten einen Schutzwall gegen die Wirklichkeit. Das brauchte sie. Manchmal.

Mitunter, wenn Klara diesen immer gleichen Weg ging, dachte sie: Was wäre, wenn die Reihenfolge der Häuser verkehrt herum wäre? Das Röntgeninstitut als erstes, „Die Lebenshilfe" als letztes. Oder wenn gar die Häuser aufeinandergestapelt wären? Der Kindergarten auf der Feuerwehr, „Die Lebenshilfe" auf dem Röntgeninstitut. Immens hoch wäre dieses Gebilde. Würde sie, Klara, ihren Weg noch finden, ihre Stadt noch erkennen? Würde es noch ihre Stadt sein? Sie wusste es nicht. Es war gut, dass alles seine Ordnung hatte, und dass Ausflüge ins Irreale nur in manchen ihrer Bücher stattfanden. In ihren Büchern konnte Klara jederzeit aus der Wirklichkeit fliehen. Und das war gut so.

7

Klara hatte ihre Buchhandlung vor einem Jahr erstanden. Jetzt gehörte sie ihr. Ihr Vater hatte ihr ein Weingut in der Toskana vererbt, das hatte sie verkauft. Seitdem war sie reich. Ein Zustand, den sie davor nie gekannt hatte. Ihren Traum von einer eigenen Buchhandlung konnte sie sich so erfüllen. Es gab hier speziell Literatur über die Krisenherde der Welt, Länder im Krieg, Länder in Verzweiflung, Resignation, Enttäuschung. Bücher über die Hintergründe der Verzweiflung. Genug Aufgeschriebenes, genug Kommentare. Mitunter gefährliche Kommentare, wenn die falschen Leute sie entdecken würden. Es gab sogar eine eigene Abteilung mit Büchern und Buchbänden über jüdische Kultur und Geschichte. Auf diese Abteilung war Klara besonders stolz. Aber auch hochwertige Fantasyromane, Kriminalromane und jedes andere noch so seltene Buch konnten sie und ihre engagierten Mitarbeiter herbeischaffen. Inzwischen war ihr Geschäft weit über den Ort hinaus bekannt. Bekannt und beliebt. Auch sämtliche Kinderbücher der letzten 50 Jahre gab es hier zu kaufen. Die Kunden waren mehr als zufrieden. Die Stammkunden kamen immer wieder gern, manche regelmäßig, tranken Kaffee oder Wasser, blieben eine Weile.

Obwohl der Kauf der Buchhandlung einen Teil ihrer Erbschaft aufgefressen hatte, war Klara mehr als wohlhabend geworden. So hatte sie auch den Burgturm erwerben können. Die Freunde waren froh, einen kleinen Teil des Kaufpreises zurückzubekommen. Dass sie Eigentümerin eines Burgturms sein würde, das hatte Klara sich vor drei Jahren nicht gedacht. Der Turm hatte sie als Bewohnerin ausgewählt. Auf Anhieb waren sie Freunde, der Turm und sie. Eine Turmliebe.

Manchmal, wenn sie Lust hatte, ging Klara auf dem Heimweg von der Arbeit weiter als bis zu ihrem Wohnturm, noch ein Stück hinauf, Richtung Wald. Dorthin, wo Jesus am Kreuz hing, zwischen zwei Birken, längst gesäubert und Braun in Braun wiederhergestellt, wahrscheinlich von der Gemeinde Karberg.

Alina war an Musik interessiert. Nicht an den Schlagern, die im Schwesternzimmer aus dem kleinen Radio tönten. Auch nicht an Paul Mc-Cartney, Mick Jagger und wie sonst diese 70-jährigen Bandleader alle hießen, die bei Alinas Kolleginnen durchaus beliebt waren. Sie mochte alte Musik, Vivaldi, Bassano, Boccherini, die Italiener. Oder François Richard aus Frankreich, den keiner kannte. Sie schon. Ab und zu hörte sie Jazz, älteren Jazz. Das Modern Jazz Quartet, Art Farmer, Miles Davis. Sie alle hörte sie manchmal daheim, wenn sie in unruhiger Stimmung war. Sie meinte, Jazz beruhige sie, was ihre 17-jährige Tochter nicht verstand. Dina lachte heimlich über die musikalischen Vorlieben ihrer Mutter. Sie selbst mochte doch ganz andere Töne. Heavy Metal, Punk Rock, Hip-Hop, Rap aus Germany. Aber Mutter war eben eine besondere Frau, anders als ihre Arbeitskolleginnen aus dem Spital, fand Dina. Mutter hatte ihr gesagt, dass die Pflegerinnen gar nichts von ihren musikalischen Vorlieben wussten. Und das sollte auch so bleiben.

Alina träumte kaum. Sie war abends zu müde, um zu träumen. Wenn es doch einmal geschah, wurde sie von ihrer verstorbenen Mutter heimgesucht. Jener Frau, deren Mädchennamen Alina zur Wiedergutmachung angenommen hatte. Aber es war auch genau diese Mutter gewesen, die ihr gegen den Schlägervater nicht geholfen hatte.

Solche Träume quälten sie. Am Morgen danach war sie nicht ausgeruht, war verwirrt, verärgert.

Seit einem Jahr kannte Alina ihren Freund Ralph, der sogar bei ihr wohnte. Sie wollten das beide, dieses Zusammenwohnen. Ralph war auch Krankenpfleger, was oft angenehm, manchmal aber auch problematisch war. Er interessierte sich wenig für Musik, mehr für Fußball, verließ aber nicht angewidert den Raum, wenn Alina ihre Jazzsingles abspielte. Hörte mitunter sogar zu. Ralph war sanft und gut zu Alina, auch wenn er ihr intellektuell unterlegen war.

Er war meistens guter Dinge, immer zu Scherzen aufgelegt, fröhlich, fast lustig unkompliziert. Er liebte Alina bedingungslos, umarmte sie drei Mal am Tag, hatte sich mit Haut und Haar auf sie gestürzt. Und er war der einzige, der sie in den Hintern kneifen durfte. Der Alte auf Zimmer 6 durfte das nicht.

Alina hatte in ihrer Heimat zunächst Hebräisch und Russisch studiert. Die Geburt ihrer Tochter Dina machte dem Studium ein Ende. Es war Alina aber gelungen, die Ausbildung zur Krankenpflegerin abzuschließen.

Ralph war Alinas Stütze. Sie mochte es, wenn er daheim kochte, während sie im Dienst war. Mochte es, wenn er sie bei Problemen im Krankenhaus tröstete. Mochte es, wenn er einen gemeinsamen Urlaub nach Jesolo plante. Und sie mochte es sehr, wenn er mit ihr schlief. Sie hatten längst einen guten Weg gefunden, dass auch sie Erfüllung finden konnte. In solchen Momenten waren sie eins. Ganz eins. Alinas erster Mann, der im Krieg geblieben war, hatte sie nicht befriedigen können, der Sex war langweilig gewesen mit Sadec.

Eifersucht gab es nicht zwischen Alina und Ralph. Sie waren einander treu. Nicht aus Verpflichtung, sondern aus Selbstverständlichkeit. Sie dachten gar nicht bewusst daran, dass es anders sein könnte. Ralph war einige Jahre jünger als Alina. Und dass er nun zu ihrem Leben gehörte, freute sie. Auch mit Dina, Alinas Tochter, kam Ralph zurecht. Sie mochten sich.

Alina war zufrieden, oft auch glücklich. Ralph und Alina, ein Paar. Es klang gut.

Klara hatte ein Spiel erfunden. Als Zeitvertreib für sich zu Hause. Sie nannte es „Endsatzspiel". Dafür griff sie willkürlich in ihrer Buchhandlung nach einem Buch. Nach einem, das sie noch nicht gelesen hatte. Alles konnte sie noch nicht gelesen haben, dazu war die Fülle der Veröffentlichungen zu groß.

Daheim oder auch im Laden blätterte sie dann die letzte Seite auf, und auf dieser letzten Seite las sie den letzten Satz. Den Endsatz.

Jetzt war es ihre Aufgabe, oder vielmehr ihr Vergnügen, in diesem Buch vom Ende her zurückzudenken, ein „Vor-dem-Ende" zu erdichten, ein paar Schritte zurückzugehen. Sie schrieb eine kurze Geschichte zu diesem letzten Satz. Eine sehr kurze Geschichte retour in der Zeit. Es waren Miniaturen, Textminiaturen. So gestaltet, dass sie zum vorgegebenen letzten Satz passten.

Vielleicht gefiel Klara dieses Spiel, weil sie dabei an diese letzten Sätze gebunden war. Sie hatte einen Rahmen für ihr Schreiben. Der Rahmen gab die Ideen vor. Sie musste nicht alles selbst schaffen, nicht alles selbst erdenken, wie das bei Schriftstellern der Fall war. Selber ein ganzes Buch entwerfen und niederschreiben, nein, das konnte sie nicht. Sie hatte es zwei Mal versucht. Das Resultat ruhte still in der Schublade ihres Schreibtischs, und sie wollte die misslungenen Texte gar nicht mehr sehen. Irgendwann würde sie die beschriebenen Blätter wegwerfen. Verbrennen. Zerreißen.

Nein, sie schrieb kein Buch. Aber sie liebte ihr kleines „Endsatzspiel".

Diesmal griff Klara zu einem Buch mit dem nichtssagenden Titel „Wald" von Doris Knecht. Der letzte Satz schien auf eine eher heitere Geschichte zu deuten: „Der Lack ist auch ab, aber egal."

Klara dachte nicht lange nach, setzte sich auf ihr bequemes Sofa. Schrieb schnell:

Agnes musste ihr Auto in die Werkstatt bringen, eine kleine Reparatur war fällig. Sie sprach mit dem Werksleiter, und der gefiel ihr auf Anhieb. Ein blondgelockter Mann, wie ein Engel im Werkstattoverall sah er aus. Und der Blick von ihm auf sie deutete an, dass sein Puls sich genauso erhöhte wie der ihre.

Herr Fritz riet ihr, doch den Wagen neu zu lackieren. Die alte, grüne Farbe sei stumpf und unansehnlich geworden. Agnes sagte zu.

Als sie ihr Auto abholte, war es himmelblau gestrichen. Es gefiel ihr. Schade um Herrn Fritz, dachte sie auf der Heimfahrt. Sie hätte forscher sein sollen, direkter. Wenn ihr schon ein Mann einmal gefiel ...

Als sie daheim angekommen war, regnete es. Da rief die Werkstatt an. Es war Herr Fritz.

„Entschuldigen Sie, um Gottes Willen", sagte er am Telefon.

„Ich hab' eine falsche Mischung bei der Lackierung verwendet. Hoffentlich steht der Wagen in der Garage und nicht im Regen!"

„Ich hab' keine Garage", war Agnes' Antwort. Dabei ging ihr Puls abermals höher.

Als sie hinauslief in den von Herrn Fritz angekündigten Regen, verlor sie einen Absatz ihrer Schuhe, er war einfach abgebrochen. Hinkend lief sie zum Auto, musste trotz allen Missgeschicks lachen. Das Auto war gefleckt. Das alte Grün kam wieder zum Vorschein, und kräftige Schlieren aus Himmelblau zogen sich darüber. „Wie eine Wiese an einem Sommertag", dachte sie. „Grün und Himmelblau". Agnes stand da im Nassen, ärgerte sich nicht, lachte weiter, konnte kaum aufhören zu lachen.

„Mein Absatz ist weg, und der Lack ist auch ab, aber egal."

Sie rief Herrn Fritz an. Es war der Beginn einer kurzen, aber wunderbaren Liebschaft.

Als Alina morgens zum Krankenhaus fuhr – leicht verspätet, weil sie sich noch die Fingernägel frisch lackiert hatte –, winkten ihr die zwei Mädchen, die sie schon kannte, und die auch sie kannten, vom Zaun des Kindergartens aus fröhlich zu. Es sah aus, als wollten sie unbedingt mit Alina reden.

Sie bremste, ließ die Fensterscheibe herunter, die Kinder freuten sich.

„Was ist mit euch?", fragte sie.

„Komm zu uns herein in den Garten, wir bauen gerade Häuser aus Sand. Komm doch. Wir haben mit unserer Erzieherin Agnes gesprochen. Sie erlaubt es."

Agnes kam zum Tor, sie kannte Alina flüchtig. Eine fröhliche Person, diese Agnes.

Alina rief in der Arbeit an. Sie käme etwas später. Niemand nahm ihr das übel, sie war ansonsten sehr pünktlich.

Als sie in der Sandkiste saßen, schlug Alina vor, einen Turm zu bauen, einen Burgturm.

Als er fertig gebaut war, der runde Turm, meinten die Kinder, dass sie gerne in solch einem Turm wohnen würden.

„Aber die Schießscharten wirken unheimlich", meinten sie.

Also machten sie aus den keinen Schießscharten große Löcher für Fenster. Fertig. War es ein Wehrturm? Ein Narrenturm? Die Kinder überlegten nicht lange. Ein Elfenbeinturm, völlig aus Elfenbein gebaut.

Plötzlich hieb eines der Mädchen kichernd auf die Burg ein. Ein unförmiger Haufen Sand blieb übrig, und beide Kinder lachten wie verrückt.

„Ich muss zur Arbeit", sagte Alina.

„Und was arbeitest du?"

„Ich bin Krankenpflegerin."

„Das ist gut", sagte die Ältere. „Das ist ein ganz wichtiger Beruf, sagt meine Mutter. Du machst Leute gesund, nicht wahr?"

Als Alina zum Auto lief, knickte ihr rechter Fuß ein. Der Absatz war ab, aber sie musste trotzdem lachen. Als sie ihre Hände und ihre

*frischlackierten Nägel betrachtete, die nach dem Burgbauen recht rampo-
niert waren, meinte sie grinsend zu sich selbst:*

   „Der Absatz ist kaputt, der Lack ist auch ab. Aber egal."

*Alina kam zu spät zur Arbeit, aber ihre Kollegin war kurz eingesprungen
für sie. Es gab kein Problem. Und sie hatte immerhin einen Turm gebaut!*

An einem Samstagvormittag klingelte die Türglocke der Buchhandlung. Ein etwa neunjähriges Mädchen betrat Klaras Geschäft. Sie war allein, nicht schüchtern, strebte sofort zur Kinderbuchabteilung. Dort begann sie zu suchen. Da gab es Astrid Lindgrens „Pipi Langstrumpf", „Räuber Hotzenplotz", „Trotzkopf", Nöstlingers „Wir pfeifen auf den Gurkenkönig" und noch vieles mehr. Alle diese Bände begutachtete das Mädchen zwar, aber aus dem Regal nahm sie schließlich nur „1001 Nacht". In diesem Buch blätterte sie eine Weile. Las sich fest. Nach kurzer Zeit jedoch stellte sie den arabischen Märchenband wieder an seine Stelle zurück.

Danach trug sich Bemerkenswertes zu. Die Kleine fischte sich aus dem Regal „Fremde Kulturen" einen kostbaren Band über die ägyptischen Pharaonen. Klara wollte sich schon einmischen und dem jungen Mädchen sagen:

„Das ist nichts für dich. Das ist ein kostbares Buch für Bibliophile, weißt du?", aber sie ließ es lieber sein, die Kleine zu belehren.

Das Mädchen blätterte die Seiten des Pharaonenbuches um, als wären sie aus Blattgold. Ganz vorsichtig tat sie das. Vorsichtig und umsichtig. Der Bucheinband war aus glänzendem moosgrünem Stoff, die Buchstaben darauf goldfarben. Klara hatte noch nie einen Menschen gesehen, der ein gedrucktes Werk mit solcher Liebe und solchem Respekt behandelte. Als ob sich zwischen den einzelnen Seiten Blütenstaub angesammelt hätte, der beim geringsten Luftzug weggeweht werden würde. Klara schien es, als ob die Hände des Mädchens aus zarten Rosenblättern wären und ihre Finger durchscheinend. Zerbrechlich schienen Hände und Finger, zerbrechlich wie aus Kristallglas. Und zierlich. Ein durchscheinendes, zerbrechliches Kind.

Durch den Raum flutete plötzlich ein Sonnenstrahl an diesem trüben Tag und ließ das Mädchen und ihr Buch im Licht leuchten. Es war eine Sekunde des Wunders.

Nach ein paar Minuten brachte die Kleine den Band über die Pharaonen der Angestellten bei der Kasse und fragte nach dem Preis. Die Mitarbeiterin getraute sich den Betrag nicht zu nennen. So ein teurer Band für so ein junges Mädchen? Sie schaute hilfesuchend nach Klara. Was sollte sie tun?

Klara ging auf das Mädchen zu, nahm kurz das Buch in die Hand und sagte lächelnd:

„Ich schenke es dir. Wie heißt du denn?"

„Maria. Ich danke Ihnen, Frau Visante. Ich werde gut aufpassen auf den kostbaren Band."

„Das weiß ich, Maria. Das weiß ich."

Und dann ging das Kind zur Tür und aus dem Buchladen, als hätte sie ein feines Gespinst aus Fadengold zu tragen.

Auf ihrem Heimweg sah Klara jenseits der Wiesen, vor dem Wald, etwas Unglaubliches. Eine Pyramide, für einen Pharao gebaut. Eine Pyramide aus Glas wie im Hof des Louvre von Paris leuchtete am Waldrand. Haben die Stadtväter die Pariser Pyramide nach Karberg geschafft, um sie hier in der Abendsonne leuchten zu lassen? Bei näherem Schauen entpuppte sich der Pharaonenbau als der Giebel eines Bauernhauses. Eines Bauernhauses mit brüllenden Rindern im Stall. Schweinen im Kobel. Kein Glas, keine Pyramide. Es war die Sonne, die sich in den Solarpaneelen spiegelte.

13

Alina war verwirrt, verstört, aufgewühlt, fühlte sich hilflos. In ihrem Krankenhaus lag ein 17-jähriger Bursch mit AML, schwerer akuter myeloischer Leukämie. Ein Großteil der an AML Erkrankten war über 70. Trotzdem. Es hatte Peter erwischt. Was nützten schon Statistiken. Alina war kurzfristig für eine Kollegin auf der Onkologie eingesprungen und war erschüttert vom Zustand des jungen Patienten. Sie war vieles gewohnt, aber das hier ...

Als sie abends heimfuhr, weinte sie in ihrem Auto, schluchzte sie, fuhr sie bei Rot über die einzige Ampel von Karberg. Nur nach Hause wollte sie, schnell nach Hause.

Ralph konnte in Alinas Gesicht alles erkennen. Das Leid, das der Bursch, von dem sie mit Tränenaugen sprach, ertragen musste. Leid und Schmerz. Knochenschmerzen, Fieber, Blutungen, Atemnot, Schwindel. Und totenbleich war Alina. Wie der junge Patient, von dem sie erzählte.

Zunächst würden es die Ärzte mit Chemotherapie versuchen. Und für danach schlugen sie eine Stammzellentherapie vor.

„Sie werden die Zytostatika brutal hineinpumpen in ihn. Verstehst du, Ralph?"

„Nein, versteh' ich nicht. Ich bin kein Mediziner, Alina, nur Pfleger."

„Ach egal. Es nützt ihm sowieso nichts, gar nichts. Er wird sterben. So oder so. Mit oder ohne Stammzellentherapie, ich weiß es."

Aus Alina stürzten die Wörter nur so heraus. „Sie will sich irgendwie selbst trösten", vermutete Ralph. Er war für sie da. Sie konnte sich in seine Arme fallen lassen. Voller Vertrauen. Er war das Sicherheitsnetz unter ihrem traurigen Seiltanz.

In den nächsten Tagen blieb Alina auf der Krebsstation. Am Freitag war Peter in eine Art Schockstarre gefallen, nachdem die Ärzte ihm seine Krankheit erklärt hatten. Er hätte 50 Prozent Überlebenschance, meinten sie und logen dabei wie so oft.

Auch am Samstag bot Peter ein zerrissenes, verzweifeltes Bild. Ausgerechnet er sollte Krebs haben? Und womöglich daran sterben? Es ging alles viel zu schnell. Zu schnell für seine 17 Jahre.

Alina blieb bei dem Burschen, der ein hohes Maß an Intelligenz und Reflexionsfähigkeit zu haben schien.

Am Montag entspannte sich sein Gesicht plötzlich. Er wurde ruhig, und sein Blick öffnete sich. Irgendetwas war geschehen. Er hatte begriffen. Sich selbst begriffen. Das Sterben begriffen. Unheilbar. Den Tod schien er nicht mehr zu fürchten. Er hatte ihn angenommen, ihn in seinen Körper hineingelassen. Und in seinen Geist. Das dachte Alina.

Auf der Palliativstation, wohin Alina ihn begleitete, besuchte ihn seine Mutter täglich. Leergeweint saß sie da. Trost gab es keinen.

Kurz bevor er starb geschah es, dass der junge Mann Alina klar und gut verständlich fragte, ob sie mit ihm ein Gespräch führen wolle. Natürlich wollte sie. Und sie staunte über das, was er ihr zu sagen hatte.

„Weißt du, dass wir alle nur in einem Larvenstadium leben? Wir sind Raupen, die sich auf Blättern schlängeln und keine Ahnung davon haben, dass sie einmal Schmetterlinge werden, die sich von Wolke zu Wolke gleiten lassen, mitten in jenem Reich, das wir als Kinder „Himmel" nennen. Daran glaube ich fest, Alina. Nein, ich weiß es."

„Wir werden also Schmetterlinge?"

„Ja, vielleicht. Vielleicht sind wir aber auch Wasserläufer, die über die Oberfläche des Sees namens Leben rennen, ohne zu ahnen, welch tiefes Wasser unter uns wartet. Eines Tages werden wir abtauchen, tauchen in dieses glitzernde Nass, das uns umhüllen wird."

Peters Gesicht wurde nachdenklich.

„Oder nein, Alina, wir sind keine Wasserläufer auf einem See. Wir werden Schmetterlinge sein, aus Raupen geboren. Ich hab' es vorhin schon gesagt. Wir werden fliegen, und unsere Flügel werden in allen Farben schillern. Ich weiß, dass wir Schmetterlinge sein werden. Ich als nächster. Schon bald. Der Tod ist die Verpuppung, die Verwandlung. Und ich freu' mich darauf. Wir werden glänzen und schillern …"

Dann schlief er ein.

Alina, die nur ihren kleinen, strengen Kinderglauben hatte, sah plötzlich eine andere Welt. Eine Welt des Nachher, warm und gleißend hell.

Als nach ein paar Stunden Peters Mutter kam, war Peter wach und tröstete sie. Nicht umgekehrt.

„Alles ist gut, Mama. Alles ist gut."

Tags darauf war Peter tot. Und sein entspanntes, zufriedenes Gesicht zeugte von seiner Schmetterlingswelt. Sein letztes Wort war „schillern" gewesen.

Als Alina daheim Ralph antraf, Ralph, der auf sie gewartet hatte und der sie – wie schon in den letzten Tagen – trösten wollte, sagte sie nur: „Alles ist gut, Ralph, alles ist gut".

Und sie lächelte.

14

Am Nachmittag kamen zwei Pensionistinnen zu Klara in die Buchhandlung. Kaum hatten sie die Eingangstüre hinter sich geschlossen, erzählten sie mit einer Mischung aus Bedauern und Sensationslust, dass ein junger Bursch im Krankenhaus gestorben sei. Leukämie. Angeblich.

„Stellen Sie sich vor, Frau Visante, es ging ganz rasch bei ihm. Ein guter Tod. Aber er hat leiden müssen. Nicht lang, aber leiden ..."

„Wer ist denn gestorben, Frau Berger? Ein junger Bursch, sagen Sie?"

Klara erfuhr, dass ein gewisser Peter Haber erst zwei Wochen im Spital gelegen und dann rasch verstorben war. Sie kannte diesen jungen Mann nicht. Ihr Bedauern über den Todesfall war verhalten. Und mit Leukämie hatte sie noch nie zu tun gehabt. In ihrem Leben gab es schon viele Tote, aber noch nie einen Fall von Leukämie.

„Das tut mir leid, Frau Berger."

„Wissen Sie, Frau Klara" –, Frau Schowitz nannte die Buchhändlerin beim Vornamen –, „es trifft ja manchmal die Richtigen. Aber dieser Bursche, nein, der hat das sicher nicht verdient."

„Wer verdient denn schon so etwas, Frau Schowitz? Wer?"

„Natürlich war der Peter auch ein kleiner Hallodri. Immer diese Partys bis spät in die Nacht. Na, wenigstens ist jetzt Ruhe."

Die beiden verabschiedeten sich, ohne etwas gekauft zu haben. Noch bei der Tür drehten sie sich um und Frau Berger rief:

„Alles in der Welt hat schlechte und auch gute Seiten, wissen Sie."

Klara sagte grinsend:

„Die Nachtruhe ist schließlich viel wert, Frau Berger. Und die soll kein junger Mensch einfach so stören dürfen, nicht wahr? Der Tod dieses Burschen hat also auch gute Seiten."

15

Manchmal, wenn sie abends in ihrem Fernsehsofa saß, ohne fern-
zusehen, dachte Klara über ihren Namen nach. Klara. So stand
es in ihrer Geburtsurkunde, ihrem Taufschein. Dort, wo sie her-
kam, taufte man die Kinder. Einfach so. Ohne Fragen. Ohne sie,
Klara, zu fragen.

Also Klara, festgeschrieben für immer.

Klara Hitler, die Mutter des sich für alle Zeiten in die Geschichte Eingeschriebenen fiel ihr ein. Nein, diese Namensgleich-
heit war ihr zuwider. Sie wollte mit keinem Monster im Bauch
schwanger sein und es dann auch noch gebären. Nein. Sie überlegte, wie anders die Welt aussehen würde, hätte diese Klara aus
dem Kleinbauerntum des Waldviertels keine Kinder bekommen
können oder abgetrieben. Was wäre passiert? Was nicht passiert?

Die zweite Ehefrau von Karl May hieß auch Klara. Klara,
die gelernte Buchhändlerin, wusste so etwas natürlich. Ob das
eine bessere Parallele war? Diese Klara May war ihrem Ehemann
fast hörig gewesen. Sie hatte ihn unglaublich verehrt, ihn maßlos bewundert. Aber sie konnte wenigstens mit Winnetou rei-
ten und mit Old Shatterhand durchs wilde Kurdistan trampen,
oder brachte Klara da etwas durcheinander?

Vielleicht konnte sie ja etwas ändern an ihrem Klaraschicksal,
das an ihr festzukleben schien.

Sie könnte sich Clara nennen, nur einen Buchstaben ändern.
Ein Name, bei dem das Lateinische sichtbar wurde. Clara, die
Helle, die Strahlende. Aber strahlte sie? War es hell in ihr? Ei-
gentlich war sie ein trauriger Mensch, doch das wusste sie nicht.

Nein, sie wollte auch nicht denselben Namen haben wie Clara Petacci, Mussolinis Geliebte. Treu bis in den Tod. Sie, Klara,
wusste um den Wahnsinn Mussolinis, kannte sein Leben. Mit De-
tails war sie vertraut, wusste oft mehr, als ihr lieb war. Nein, nicht
Clara. „Bis in den Tod" treu sein, was hieß das eigentlich? „Bis
nach dem Tod" – das hätte sie verstanden, ja. Kein anderer Partner

mehr. Niemals mehr. Aber bis „*in*" den Tod. Hieß das womöglich, mitzugehen mit dem Toten, in den Tod hinein? Sie wusste es nicht, kehrte zurück zu Clara.

Es gab ja auch Clara Schumann, die Pianistin, Komponistin, Ehefrau. Als Ehefrau von Robert bekannt, als Komponistin bis vor Kurzem fast vergessen. Der Ehemann war wohl im Vordergrund gestanden.

Heute aber hatte sie, getaufte Klara, keinen Robert an ihrer Seite.

Vielleicht konnte sie sich auch ganz anders nennen. Claire etwa, mit französischem Flair. In den amtlichen Papieren hieß sie Klara Visante, nach ihrem italienischen Vater, der vor zwei Jahren in Siena gestorben war, alt genug. Genug wofür? Also Klara Visante. Aber sie würde mehr Gefallen finden an Claire Vivante, der Lebendigen. Wieder wäre nur ein einziger Buchstabe zu tauschen gewesen. Wenn Klara auf Reisen ging, und das war nicht oft, meldete sie sich in Hotels manchmal als Claire Vivante an, sprach mit französischem Akzent. Sie hatte Spaß daran. Außerdem hatte sie nachgeschlagen. Es gab eine Claire Voisin, eine französische Mathematikerin, und auch eine Claire Gmachl, Physikerin aus Österreich. Beides fand sie sympathisch. Sie hatte nichts gegen die Mathematik wie so manch andere Leute. Leute, die stolz darauf schienen, nichts davon zu verstehen. Sie aber mochte diese Beschäftigungen mit fürs Leben unerheblichen Dingen.

Ja, Claire gefiel ihr. Sie würde sich ab nun Claire Vivante nennen, mit französischem Geheimnis umgeben. Ja, das wollte sie.

Schließlich dachte sie wieder ernüchtert und entschlossen an ihren festgesetzten Namen.

Klara. So hieß sie nun einmal. Sie blieb dabei.

16

Nach solchen im Grunde unerheblichen Gedanken war sie müde, fast angenehm müde.

Sie schaltete das Fernsehgerät ein, sah sich Kriegsbilder ohne Ton an und dachte an ihre Absicht, am Wochenende wieder einmal schwimmen zu gehen.

Trotz der Müdigkeit wählte sie mit ihrer Fernbedienung den Sender *WELT.* Werbung.

Schaltete um auf *ntv,* Nüsse und eine Flasche Wein neben sich. Der Krieg konnte beginnen.

„Wo ist dieses Land in Trümmern?", fragte Klara sich. Sie sah zu beim Bombenhagel, beim Brennen, beim Zusammenstürzen.

Klara war lange nach dem zweiten Weltkrieg geboren, kannte keine zerbombten Häuser, keine Flächenbrände, keine mit Koffern vollgepackten Karren. Diesmal waren es Autos, keine Karren. Normale Autos. Werbung zwischendurch. Bilder von Granaten. Bilder von kaputten Wohnblocks. Marschflugkörper. Der Krieg grub alte, für überholt gehaltene Wörter aus. Sie schwammen aus dem Schlamm wieder ans Licht: Schlacht, Großangriff, Flugabwehrraketen, Verteidigung bis auf den letzten Mann, Schlachtfeld, Kriegsverbrechen, Kriegsgericht. Alles ganz nah. Einkesselung, Kampfmoral, Mobilmachung, Gegenoffensive, der Satz „Er ist im Krieg geblieben".

Und immer wieder das Wort Schlacht, ein Wort aus dem Mittelalter, hatte Klara geglaubt. Schlacht, Schlacht, Schlacht.

Eine Freundin rief an.

Klara stoppte den TV-Bericht. Auf dem Monitor fror das Bild ein, in Wirklichkeit unmöglich. Festgefrorener Krieg. Ein Schluck Wein dazu.

Die Freundin fragte nach dem Rezept des ‚Mousse au Chocolat' vom letzten Sonntag. Sonst nichts. Und dann noch: Schaust du auch fern?

Ja, sie schaute auch fern. Natürlich.

Ein paar Nüsse zwischen den Zähnen, das dritte Glas Wein. Menschen, die weinten, schluchzten. Sie, Klara, schluchzte nicht mit.

Ein kleiner Bub in einem Trümmerfeld schlug schreiend einem Soldaten auf den Stahlhelm. Tränengesicht. Zorn. Wut. Ohnmacht.

Weiterglotzen. Krieg beglotzen. Betroffen sein, fassungslos sein. Werbung.

Sie hätte abdrehen können. Den Fernseher. Die Wirklichkeit.

Und doch schaute sie wieder auf den Bildschirm. Immer wieder schaute sie. Sie hatte mit alldem doch nichts zu tun.

Als *ntv* das Bild des kleinen Buben, der einen Soldaten schlug, nochmals und nochmals zeigte, stoppte sie wieder das Fernsehbild. Festgefrorener Bub. Festgefrorenes Tränengesicht. Das schaute sie lange an. Ging nah zum Bildschirm. Der Bub schrie. Bewegungslos, tonlos, zeitlos. Er schrie ihr ins Gesicht.

Klara schaltete den Fernseher ab, erhob sich vom Sofa, ein letzter Schluck Wein. Sie würde am Sonntag zum Schwimmen gehen. Krieg hin oder her.

Schlafen gehen, nicht mehr nachdenken. Der Tag machte der Nacht Platz. Das Tränengesicht blieb dennoch bei ihr.

Am nächsten Morgen fasste sie den Vorsatz, WELT und *ntv* nicht mehr zu bemühen. Sie wollte das alles nicht wissen. Ihr ging es doch gut, oder? Was hätte sie auch tun sollen? Ohnmacht war keine gute Basis für Zufriedenheit.

Klara nahm sich vor, nur mehr Liebesfilme oder Krimis anzusehen. Die Wirklichkeit war nicht geeignet, von ihr begriffen zu werden.

Sie verließ ihren elfenbeinernen Wohnturm und freute sich auf die Arbeit in ihrer Buchhandlung.

Den Buben mit dem Trümmergesicht wurde sie aber auch heute nicht los.

Wie fast jeden Tag betrat Klara das Café neben der Buchhandlung. Punkt drei Uhr. Das vertraute Klingeln der Tür erinnerte eher an einen Greißlerladen als an ein elegantes Café. Das „Café Vienne" war in der Tat elegant, urban, fast wie die Kaffeehäuser in der Hauptstadt. Gedämpftes künstliches Licht, auch tagsüber, Thonet-Sessel, mit rotem Plüsch bespannte Sitzgarnituren, ein schwarz gekleideter Ober mit einer dunkelroten Halbschürze und arrogantem Auftreten.

Klara genoss diesen täglichen Ausflug in ein städtisches Ambiente. Heute war das Café besonders gut besucht.

„Herr Ober!"

„Womit kann ich dienen, Frau Visante? Wie immer?"

„Ja. Wie immer."

Und dann trank Klara ihre Melange ganz langsam und bedacht. Als würde sie Silber schlürfen. Die Kaffeeschale stand links von ihr, die Zeitung hatte sie in der Rechten. Keine Lokalzeitung, nein. Ein Tagblatt, das aus der großen weiten Welt berichtete.

Also alles wie immer.

Bis ein älterer Herr – kein Mann, ein Herr – Klara fragte, ob er sich zu ihr setzen dürfe. Angenehme Stimme, gepflegte Sprache. Er sah gut aus, Anzug, lässig aufgeknöpftes Hemd, schwarze Intellektuellenbrille, graues, fast weißes Haar. Und groß war er. 1,90 vielleicht. Ein attraktiver Mann.

Trotzdem wollte Klara keine Gesellschaft. Sie hatte Angst davor. Angst, sich unterhalten zu müssen, Furcht vor zu viel Nähe zu einem Fremden.

„Ich wollte gerade gehen. Sie können hier ruhig Platz nehmen."

Sie raffte ihre Handtasche zusammen, trank im Stehen die Melange aus, und schon war sie weg. Geflüchtet vor nichts. Eigentlich. Zu zahlen brauchte sie nicht in diesem Café.

Der elegante Herr war verblüfft, aber Schuldgefühle hatte er keine. Er war doch höflich gewesen, oder?

An einem regnerischen Nachmittag – Alina hatte keinen Dienst – beschloss sie, das größte und interessanteste Café der Stadt zu besuchen. Zum ersten Mal. Das „Café Vienne" war ihr immer unheimlich gewesen. Sie kam nicht zurecht mit einem so noblen Lokal. Glaubte sie. Und die Preise waren ihr viel zu hoch. Sie betrachtete das Café als Sammelplatz der Reichen und Schönen, die unter sich sein wollten.

Heute gab sie sich einen Ruck und öffnete mit vorgegaukeltem Selbstbewusstsein die Klingeltür. Gedämpfte Atmosphäre, leise, sanfte Musik. Alina fühlte sich trotz der inneren Anspannung von dem Café angezogen. Als wäre es ein sympathischer Mensch, der sie einlud zu bleiben.

Sie setzte sich an einen der eleganten Marmortische und wartete, bis sie von einem Ober mit dunkelroter Halbschürze gefragt wurde, was sie wünsche.

„Einen Orangensaft bitte. Nein, einen Kaffee."

„Und welchen, Gnädigste? Mit Milch, mit Milchschaum, Verlängerter, mit Schlagobers, Einspänner, Cappuccino?"

„Mit Milchschaum bitte."

„Also eine Melange. Gut."

Und er rauschte davon wie der Vertraute eines Königs. Dabei war er doch nur ein Servierer, oder?

Alina wartete auf den Kaffee und sah sich um. Bis ein älterer Herr – kein Mann, ein Herr – sie fragte, ob er sich zu ihr setzen dürfe. Das Lokal sei heute sehr gut besucht. Angenehme Stimme, gepflegte Sprache. Er sah gut aus, Anzug, lässig aufgeknöpftes Hemd, schwarze Intellektuellenbrille, graues, fast weißes Haar. Und groß war er. 1,90 vielleicht. Ein attraktiver Mann.

„Ja gerne."

Alina war froh, nicht allein in diesem exklusiven Lokal sitzen zu müssen. Sie war in den Minuten vor Erscheinen dieses Herrn ganz an die Vorderkante ihres Sessels gerückt. So, als ob sie gleich wieder gehen wollte. Sie hatte Angst gehabt vor der ungewohnten Umgebung. Jetzt aber rückte sie auf ihrem Sitz nach hinten, lehnte sich zurück und entspannte sich ein wenig.

„Dr. Winter", stellte der Herr sich vor und gab Alina lächelnd die Hand.

„Alina Schuhman", sie tat routiniert, lächelte ebenfalls.

Und sie kamen ins Gespräch.

Dr. Winter erinnerte Alina an ihren Vater, der vor Jahren gestorben war. Nur äußerlich natürlich. Ihr Vater war groß und grauhaarig gewesen, kein Intellektueller, im Gegenteil. Er war Vorarbeiter in einer Betonfabrik, ein Mann der Tat also. Ein Handarbeiter, kein Kopfarbeiter. Streng war er gewesen zu Alina, war nie zufrieden mit ihren Leistungen, schlug sie sogar ein paar Mal. Alina hatte Angst vor ihm gehabt. Schreckliche Angst. Aber hier saß Dr. Winter und nicht ihr Vater.

Rechtsanwalt war er gewesen. Und als solcher daher vertraut mit Streitfällen jeglicher Art, mit Unterhaltszahlungen, die Alinas Vater verweigert hatte, auch Beleidigungen, Scheidungen, Kleinkram.

Ja, Beleidigungen, die hatte er gerne anderen zukommen lassen. Und er beleidigte und kränkte sie und ihre Mutter, die oft geweint hatte.

Aber hier saß ein freundlicher, charmanter Dr. Winter, dem es sichtlich Spaß machte, Alina von den kuriosesten Anzeigen und Gerichtsverfahren zu erzählen. Da war der Ehemann, der nach der Scheidung fürs jahrelange Heckenschneiden bezahlt werden wollte. Die Frau, die sich beschwert hatte, die Ehe wäre nicht vollzogen worden. Aus Unachtsamkeit oder aus Faulheit, darüber stritten sich die beiden. Das Paar in Scheidung, das sich wegen eines Kanarienvogels stritt. Keiner der beiden wollte ihn haben. Die Eheleute gaben 20 000 Euro im Lauf der Streiterei um den Vogel aus. Aber da war auch noch der Berufsclown, der angezeigt worden war, weil er einem Buben das heißersehnte Hündchen aus dem Tierheim besorgt hatte. Wohin jetzt mit dem Hund?

Einen Hund hätte Alina sich immer gewünscht. Vater war dagegen gewesen:

„So ein Köter kommt mir nicht ins Haus!"

Sie hatte die halbe Nacht geweint, bis Mama sie trösten kam.

Die Angst vor dem Vater hinderte Alina immer mehr, Herrn Winter zuzuhören. Sie musste sich sehr konzentrieren.

Dr. Winter war auf Scheidungsverfahren spezialisiert gewesen, und immer wieder war es vorgekommen, dass er sich aus der Tragik eines Paares nur mit Sarkasmus und Ironie herausretten hatte können.

Plötzlich fragte Dr. Winter nach Alinas Beruf.

„Ich bin Krankenpflegerin im hiesigen Spital", und sie wurde rot dabei. Was war denn ihre Arbeit schon im Gegensatz zu der ihres Gesprächspartners? Was war sie denn schon in Vaters Augen? Ein unnötiges Mädel, das nur Ärger machte und zu nichts zu gebrauchen war. Nun saß er also da, ihr gegenüber, und würde sie gleich tadeln und mit ihr schimpfen. Sie hatte Angst, Angst, Angst.

„Ist Ihnen nicht gut, Frau Schuhman?"

Alina fand ins Jetzt zurück:

„Alles ist gut", sagte sie und lächelte ein wenig gezwungen.

„Alles ist gut, Mama, alles ist gut", das waren Peters Worte im Krankenhaus gewesen.

Dr. Winter befreite Alina aus ihrer zerfahrenen Abwesenheit und aus den Fängen ihres Vaters:

„Also das finde ich bemerkenswert, Frau Schuhman. Sie machen als Krankenpflegerin wenigstens etwas ganz und gar Nützliches. Ihr Beruf sollte zu den bestbezahlten gehören!"

Der leukämiekranke Peter ließ Alina nicht los, aber gerade, als sie begann, von dem Burschen zu erzählen, betrat eine ältere Dame das Café. Ja, eine Dame. Graues, sehr kurz geschnittenes Haar, roter Lippenstift, Brillen mit blauem Rand. „Eine schöne Dame", dachte Alina, und sie verwendete in ihren Gedanken bewusst das Wort „Dame".

Die Neuangekommene steuerte zielbewusst jenen Tisch an, an dem Alina und Dr. Winter saßen.

„Das ist Frau Schuhman, meine Liebe. Und das ist meine Frau, Gerda".

Der Stolz auf seine Gattin war aus seinen Worten herauszuhören.

„Wollten Sie nicht gerade eben von einem Fall aus Ihrer Krankenhausarbeit berichten, Frau Schuhman?"

„Das ist nicht so wichtig. Wer weiß, ob Ihre Frau das interessiert."

Dr. Winter wandte sich seiner Frau zu, erklärte ihr den Sachverhalt und betonte wieder, dass sie, Alina, einen der bemerkenswertesten Berufe im Land ausübte.

„Bravo, Frau Schuhman. Längst müsste die Politik solche Arbeit auch honorieren. Was wollten Sie denn erzählen?"

„Entschuldigung, ich will jetzt nicht mehr drüber reden. Verstehen Sie das bitte. Aber wenn ein 17-jähriger Bursch diese Welt verlassen muss, dann ist das einfach nur traurig. Sehr traurig, wissen Sie?"

„Natürlich."

Eine Pause machte sich breit.

Nach ein paar Sekunden wagte Alina es, die Frau von Dr. Winter, Gerda, nach ihrem Beruf zu fragen.

„Ich bin Verlegerin. Ich stelle Bücher her, und das freut mich so, dass ich es noch immer tue, mit 75 Jahren."

Und Frau Winter sprach über die Bücher, deren Verfasser auf Veröffentlichung warteten. Über die Probleme bei der Vermarktung. Über die unterschiedlichsten Typen von Schriftstellern. Da gab es die selbstbewussten, manchmal arroganten, deren Text in ihren Augen grandios war. Auch die schüchternen, die meinten, ihr Geschreibsel sei ohnehin nichts wert. Und diejenigen, die eine Ablehnung ihres Werks absolut nicht akzeptieren konnten.

„Es kam nicht nur ein Mal vor, dass ein Verfasser eines nur mittelmäßigen Textes in unserem Verlag randalierte, herumschrie, mit übler Nachrede drohte. Naja.

Kennen Sie die hiesige Buchhandlung, Frau Schuhman? Eine Klara Visante führt diesen interessanten Laden. Kennen Sie sie?"

„Ja, natürlich", beeilte sich Alina zu antworten. Sie sei oft in dem Buchgeschäft, um sich Krimis zu holen. Die liebe sie.

Zwei Stunden unterhielten sich Alina und das Ehepaar. Über vieles, das Alina noch nie gehört hatte, aber auch über Jazz, denn Dr. Winter war ein Liebhaber von Dizzy Gillespie, Miles Davis und Art Farmer. So wie Alina. Sie freute sich riesig über diese Parallele in ihrer beider Leben.

Als sie schon an Aufbruch dachten – sie standen bereits neben dem Marmortisch –, sprudelte es aus Alina, als ob sich ein breiter Strom aufgestaut hätte:

„Ich möchte Sie zu meinem Geburtstagsfest einladen! Es werden viele Leute da sein. Mein Lebensgefährte Ralph, zwei Freunde von ihm, ein paar Kolleginnen von mir aus dem Spital, meine Nichte und natürlich meine Tochter Dina. Meine Wohnung ist klein, billig eingerichtet, aber gemütlich. Kommen Sie?"

Alina war erstaunt über den plötzlichen Mut, mit dem sie die beiden Herrschaften eingeladen hatte. War das eine gute Idee?

„Wir kommen gern, Frau Schuhman! Wann? Wo?"

Man tauschte Daten aus, und Alina fuhr nach Hause zu Ralph. Im Autoradio erklang Musik von Boccherini, und Alina hatte das Gefühl, jetzt zu der zum Teil eleganten Gesellschaft im „Café Vienne" zu gehören. Eine Gesellschaft, die so gar nicht der ihren entsprach. Aber im Grunde genommen war sie mit ihrem Leben außerhalb des „Café Vienne" zufrieden. Zufrieden mit ihrem Beruf und zufrieden auch mit ihrem Ralph, der kein Rechtsanwalt, sondern Krankenpfleger war. So wie Dr. Winter wollte sie ja gar nicht leben, oder? So nobel, so elegant, so gebildet. „Das muss anstrengend sein", dachte sie.

Daheim angekommen küsste sie Ralph und begann, ihm alles zu erzählen.

In der Nacht träumte sie von ihrem Vater. Auf der Stirn hatte er ein rotes Horn, die Augen waren glühende Kohlen. Das Wesen, das ihr Vater war, holte mit der Pranke aus. In dem Moment war es Dr. Winter, der sie freundlich ansah und ihr die Zuckerdose reichte. Kein Schlag ins Gesicht. Nur die Zuckerdose.

Klara war auf dem Weg zu einer Kundin, die nicht selbst in die Buchhandlung kommen konnte, um sich ihr bestelltes Buch zu holen. Ein langweiliger Wohnblock mit vielen gleichen Wohnungen wartete auf sie. Ein Wohnblock wie eine Festung. Ein viereckiger Klotz. Fast wie ein Burgfried, mit den Fenstern aus einstigen Schießscharten. Dennoch sahen diese Fenster völlig anders aus als bei ihr daheim in ihrem Elfenbeinturm. Eigentlich wollte sie so schnell wie möglich diese traurige Umgebung wieder verlassen. Zurück zu ihrem Turm, das wollte sie. Es war aber schon 21 Uhr, als sie sich von der gehbehinderten Frau verabschiedete. Man hatte überraschend lange geredet. Etwas, das in Klaras Leben selten der Fall war.

Sie stieg die Treppe aus dem 2. Stock hinunter, ohne Eile. Im Erdgeschoß drang aus einer Wohnung das laute Gelächter vieler Menschen, übermütiges Johlen und Tanzmusik.

„Es lebt also doch noch jemand anderer hier in dieser Wohnwüste und lässt es sich gutgehen", dachte Klara.

Auf der fremden Wohnungstür war ein Karton mit einer großen „40" angebracht. Ein Geburtstag also. Da hatte wohl jemand viele Bekannte, Familie, Freunde zu seinem Festtag eingeladen, wie jedes Jahr vielleicht. Sie, Klara, hatte nur einen entfernten Cousin, den sie sicher nicht sehen wollte. Sie mochte diese ruhige, ausgeglichene Einsamkeit aber, in der sie lebte. Ohne Bekannte, Familie, Freunde, Verwandte. Sie liebte das Alleinsein.

Klara verließ das Betonhaus um 21 Uhr, trat in die Dämmerung der Zufahrtsstraße. Vor ihr, von den Lampen schwach beleuchtet, sah sie ein älteres Paar, das langsam und ohne Eile vor ihr in dieselbe Richtung ging. Die Frau untergehakt bei ihrem Mann.

„Die beiden waren wohl auch auf der Party", mutmaßte Klara, obwohl sie das diesen älteren Herrschaften schwer zutraute. Plötzlich drehte der Mann sich lachend um, sagte zu seiner Frau: „Ich hab' den Schal vergessen", und ging rasch zurück zum Haus.

Nur einen Moment lang sah Klara das Gesicht. Sie wusste, dass sie diesen attraktiven Mann kannte, aber woher? Nach wenigen Augenblicken wusste sie es. Das war doch der Herr, der sich im Café Vienne zu ihr an den Tisch setzen wollte. Ja, das war er. Und jetzt, an diesem späten Abend, hatte er Klara nicht bemerkt.

Der Zufall war wohl das einzige, woran Klara glaubte. Also verwunderte sie dieses Zusammentreffen nicht besonders.

Auf dem Heimweg dachte Klara nach. Sie fragte sich, warum sie den Mann nicht an ihrem Tisch hatte haben wollen. War sie so menschenscheu? So ohne Lust auf Kontakte? Es schien so zu sein. Und obwohl das eben ihre Natur war, überlegte sie, ob sie solch eine selbstgewählte Abgeschiedenheit wirklich wollte. Sie war fast immer allein, lud kaum Gäste zu sich, sprach auch öfter mit sich selbst. Wenn sie Geburtstag hatte, trank sie mit Hannes, ihrem Nichtliebhaber, ein Glas Sekt. Das war alles.

Wollte sie das so? Ja, sie wollte.

20

Manchmal stellte Klara sich vor, blind oder herzkrank zu sein, oder Krebs zu haben, oder alles zusammen. Ihr Vater war in Italien an einem Herzinfarkt gestorben, ihre Mutter an Krebs. Vielleicht deshalb diese unangenehmen Gedanken. Klara hatte in solchen Momenten Angst, Angst vor dem Sterben, nicht vor dem Tod. In ihren nächtlichen Träumen sah sie sich in einem Hospital liegen und auf ein Spenderherz warten, weil ihr eigenes aus unbekannter Ursache versteinert war. Würde ihr Körper das Spenderherz annehmen? Vielleicht dann, wenn es das Herz eines geliebten Menschen wäre? Aber wo war dieser geliebte Mensch? Die Ärzte konnten ihn nicht ausfindig machen.

Sie hatte schon einen Kardiologen aufgesucht, doch der konnte nur eine leichte Herzschwäche feststellen. Ein herkömmliches Medikament würde reichen. Karla war fast traurig über diese Diagnose. Sie würde also den geliebten Menschen doch nicht in sich haben.

Und dass sie wie ihre Mutter an Krebs sterben würde, irgendwann, das war für Klara ohnehin vollkommen sicher.

Blind sein, nein, dieses Schicksal würde ihr nicht widerfahren. Es wäre entsetzlich.

Manchmal dachte Klara auch an Selbstmord. Sie wusste, dass das meist ein Hilferuf war, ein Vorwurf an die anderen. Aber wem sollte sie was vorwerfen? Wer stand ihr denn nah? Hannes? Nein. Niemand.

Woher all diese Bilder in ihren Geist kamen, wusste Klara nicht. Ja, ihr Vater hatte vor drei Jahren einen tödlichen Herzinfarkt gehabt. Vielleicht deshalb diese diffuse Angst. Vaters Tod hatte sie geschmerzt. Auch wenn der Kontakt zu ihm selten war, war sie ihm nahegestanden. Ein liebevoller Vater, der aber zu allen in der Familie Distanz bewahrt hatte. Mit Bestimmtheit verlangte er gute Leistungen von seiner Tochter Klara, seinem einzigen Kind. Er war nicht böse, wenn Klaras Zeugnisnoten nicht ausgezeichnet waren, aber er war traurig darüber. Das war womöglich die härtere Strafe für Klara gewesen. Geschlagen hatte er sie nie. Nein, nie.

Sie vermisste ihn.

Und ihre Mutter? Sie war an Krebs gestorben, als Klara 20 war. Es hatte sie nicht besonders belastet, Mutter sterben zu sehen. Es war schnell gegangen. In ihren letzten Stunden hatte Klara sie unterstützt. Eine eigenartige Mitleidlosigkeit ihrer Mutter gegenüber war ihr dabei an sich selbst aufgefallen. Mutter war der Schatten ihres Mannes gewesen, hatte nie etwas gewollt, war immer da, unsichtbar. Und sie war immer voller Liebe zu ihrem Kind gewesen. Trotzdem war da diese Mitleidlosigkeit.

Alina traf sich nun regelmäßig mit Dr. Winter. Sie sahen sich oft, meist im „Café Vienne", blieben trotzdem beim „Sie".

Dr. Klaus Winters Frau ließ ihren Mann gewähren. Sie wusste, dass er sie liebte und mit der viel jüngeren Alina keine Affäre anfangen würde. Er mochte es schon immer, bewundert zu werden.

Manchmal fuhren Dr. Winter und Alina ein Stück hinaus aus dem Ort. In den Nachbarort, wo keiner sie kannte. Sie schämten sich nicht füreinander. Nein, keineswegs. Sie wollten aber neugierigen Blicken und Gerüchten keine Nahrung bieten.

Vielleicht war Alina ein wenig verliebt in diesen charmanten älteren Herrn. Ja, vielleicht. Er war so ganz anders als ihr Ralph. Gebildet, perfekt gekleidet, höflich und auch lustig.

Er erzählte Alina von Tolstoi, von Dostojewski, von Günter Grass und von Peter Handke, alles Namen, die Alina nicht geläufig waren. Er brachte sogar Bücher mit ins Café. Dennoch empfand Alina dies alles nicht als belehrend. Sie fand es spannend und interessant. Wie konnte man so viel wissen? Und wieso saß dieser elegante Herr mit ihr, der Krankenpflegerin, in diesem Lokal? Er gab ihr die Antwort auf diese Frage, die sie gar nicht laut gestellt hatte.

„Sie sind erfrischend für mich, Alina. Ich darf Ihnen von Dingen erzählen, die meine Frau schon langweilen, und die sie ohnehin weiß. Ich spreche sehr gern mit Ihnen, Alina. Sehr gern."

Bei diesen Worten legte er seine Hand auf die ihre. Es war wie eine Szene aus einem Liebesfilm.

In Alina wehrte sich etwas. Sie empfand diese Szene als rührseliges Theater, wehrte sich gegen sie. Und sie wehrte sich gegen ihn, diesen Mann. Sie entzog ihm ihre Hand, wurde rot, und Dr. Winter stotterte etwas von:

„Entschuldigen Sie".

Auch er war verwirrt.

Als sie sich verabschiedeten, dachte Alina, es wäre dies das letzte Treffen gewesen.

Natürlich kam es anders. Sie genoss die Anwesenheit dieses Dr. Winter sehr. Also trafen sie sich.

*Eines Tages fragte er sie, ob sie mit ihm ein klassisches Konzert besu-
chen wolle. Schubert. Alina war noch nie in solch einem Konzert gewesen. Daran hatte sie auch noch nie gedacht. Außerdem wäre der Eintrittspreis für sie zu hoch gewesen.*

Sie sagte zu.

*Und da saßen sie nun. Im prachtvollen Festsaal des Schlosses Kar-
berg saßen sie, warteten auf den Beginn. Alina war aufgeregt und angespannt. Hätte sie vielleicht doch lieber ablehnen sollen? Sie hatte noch ein
Kleid im Abverkauf erstanden, von dem sie glaubte, dass es zum Anlass
passte. Es passte. Ein tiefes Rot.*

*Dr. Winter saß ruhig neben ihr, spürte, dass sie für ein Gespräch nicht
bereit war. Seine Hand auf der ihren, diesmal entzog sie sie ihm nicht.*

*Die Musiker stimmten ihre Instrumente, es klang wie Kratzen und
Quietschen von kleinen Tieren.*

Klara erwartete Interessantes. Schuberts Impromptus Opus
90 in Es-Dur, und Opus 142 in As-Dur würde sie heute hören.
Danach eine Mozart-Sonate. Lang vor dem Beginn des Konzerts
war sie schon im Stadtsaal der Gemeinde Karberg. Die erste Reihe war für Klara selbstverständlich. Sie wollte so sitzen, dass sie
auf die Tasten des Flügels sehen konnte. Wollte sehen, wie die
Finger des Pianisten über diese Tasten huschten.

Die Karte für den Abend hatten ihr ihre Angestellten aus der
Buchhandlung geschenkt. Zum Geburtstag. Das war sehr aufmerksam von ihnen gewesen.

Der Schlossherr trat auf.

*Graf Barkau sprach ein paar Begrüßungsworte, erklärte, dass heu-
te nur eine einzige Symphonie zu hören sein würde. Danach wäre ein
Sektempfang geplant. Einladung an alle Gäste. Natürlich. Dann aber
kam er zur Sache:*

*„Und jetzt werden Sie Schuberts „Unvollendete" hören. Es erwar-
tet Sie exzellenter Musikgenuss mit dem Radiosymphonieorchester aus
der Hauptstadt. Gute Unterhaltung."*

Erwartungsvoller Applaus.

Der Dirigent erschien, verbeugte sich vor seinen Musikanten, nein, vor seinen Musikern – so sagte man doch bei solch einem Orchester. Danach noch eine letzte Verbeugung vor dem Publikum.

Das Konzert begann. Eine Symphonie in h-Moll, hatte Dr. Winter Alina erklärt. Aber damit konnte sie nichts anfangen.

Im Kultursaal von Karberg sprach der Beauftragte der Gemeinde zu den Besuchern:

„Liebe Gäste! Liebe Musikinteressierte!

Sie hören heute zwei Impromptus von Schubert. Nach der Pause wäre Mozart an der Reihe gewesen, aber der Pianist Alfred Vogt aus Würzburg ist leider erkrankt. Sie werden daher heute nur ein kurzes Konzert genießen können. Ausschließlich mit Schubert. Es tut uns leid.

Wir sind natürlich bereit, den Eintrittspreis zurückzuerstatten. Aber nun:

Gute Unterhaltung mit Laszlo Gördegh aus Budapest."

Der Pianist betrat den Raum, verbeugte sich wie üblich, richtete sich auf seinem Sessel ein. Zwei Impromptus würde er spielen, das war Arbeit genug, harte Arbeit.

Alina lauschte, spürte den Tönen nach, hatte das Gefühl, dass die Musik nur ihretwegen hier erklang. Da war kein Kratzen und Quietschen von kleinen Tieren mehr.

Alina kannte nur ihre Barockkomponisten. Von ihren CDs. Und sie liebte ihre alten Jazz-Singles mit Dizzy Gillespie und Co. Noch nie hatte sie aber bewusst eine Symphonie gehört. Versteinert saß sie da, der Rücken gespannt, fast verspannt.

Zu Beginn bedrohte sie etwas in dieser Musik. Immer lauter, immer näher kam diese Bedrohung. Eine dunkle Melodie. Etwas Gefährliches näherte sich. Es rollten die tiefen Töne, sie rollten heran wie die Panzer in Alinas Heimat. Im Bombenland. Sie hatte Angst, große Angst. Und sie zitterte.

Was geschah mit ihr? Sollte sie fliehen?

Nach kurzer Zeit wurde die Musik weiter, breitete sich aus zu einem sanften Weizenfeld. Die Angst war verschwunden. Mohnblumen am Rand des Feldes. Alina sah sie vor sich. Ein warmer, guter Sommer-

tag. Die gelben Ähren erzeugten im Wind jene Töne, die sie hier hörte, da war sie sich sicher. Auch wenn sie hier in den gräflichen Innenräumen des Schlosses dem Orchester lauschte – sie wurde hinausgetragen zu diesem blauen Sonnentag, und ihr Kopf wurde leicht. Erinnerungen an den ‚Sommer‘ bei Vivaldi, bei dem sie sich auskannte. Ja, da wusste sie Bescheid, auch wenn ihr dieses Wissen keiner zutraute.

Das erste Klavierstück begann mit schnellem Allegro. Es perlten die Töne. Glänzend und schillernd. Die Hände des Musikers schienen über den Tasten zu schweben, so leichtfüßig spielte er das Impromptu in Es-Dur. Die Technik des ungarischen Pianisten war ausgefeilt, perfekt. Das erkannte Klara sehr wohl. Sie hatte dieses Impromptu als 16-Jährige selbst gespielt, hatte aber später das Klavierspiel vernachlässigt, bis sie es ganz aufgegeben hatte. Jetzt hörte sie dieses Impromptu wieder einmal, fast zu technisch und etwas zu schnell, fand Klara. Ein wenig mehr Gefühl hätte der Darbietung gutgetan.

In Alinas Ohren war die Bedrohung vom Beginn nicht ganz verschwunden. Sie hörte, wie die Trauer gegen das Lachen kämpfte, der Hass gegen die Sanftmut, hier in Schuberts ‚Unvollendeter‘. Wer siegen würde, war Alina noch nicht klar.

Die starke Melodie der Freude, des Guten, wiederholte sich. Alina wollte, dass sie den Kampf gewannen, diese Hoffnungsklänge, die sich kraftvoll behaupteten. Sie hielt die Daumen.

Ihr Sommerährenfeld, das würde doch nicht von einem ‚Schnitter, der Tod hieß' geköpft werden? Er hatte Macht, dieser Schnitter, auch über sie. Es fröstelte sie plötzlich an diesem Sonnentag, der in ihrer Vorstellung blühte, und auf ihrer Haut spürte sie Kälte. Der Tod war nah, das wusste sie genau, doch das Leben war nur verwundet. Es stirbt nicht, das Leben. Nie. Davon war Alina überzeugt.

Geschickt hatte Schubert plötzlich in D-Dur gewechselt, später wieder in Es. Der kraftvolle Mittelteil überzeugte. Fehlerfrei und souverän auch die Coda. Fulminant, dachte Klara. Ausgezeichnet.

Jener Pianist, den sie vor vier Jahren in der Hauptstadt dieses Impromptu hatte spielen hören, war zwar besser gewesen, das musste Klara schon sagen. Aber auch dieses Klavierspiel hier in Karberg beeindruckte sie.

Nach dem ersten Satz wollte Alina klatschen, doch Dr. Winter hielt sie sanft, aber bestimmt davon ab. Sie schämte sich.

Im zweiten Satz erhob sich, allem zum Trotz, das verwundete Leben. Zumindest für Alina. Durch die Orchestertöne schimmerte die dünne Haut eines neugeborenen Menschen. Alina sah, wie das eben erst geborene Kind schaute, hörte, sich bewegte. Die ganze Welt war da für dieses Kind.

Nach dem würdigenden Applaus kam das Impromptu Op. 142 in As-Dur an die Reihe. Sanft und langsam das Hauptthema. Leise, traurig, zart. Dazwischen wechselte Schubert wieder in eine andere Tonart, diesmal in Des-Dur. Diese Tonartwechsel begeisterten Klara. Es war Schuberts Spezialität gewesen, diese Wechsel völlig harmonisch in ein Klavierstück einzufügen.

In Alinas Kopf vermischten sich die Eindrücke, Erinnerungen tauchten auf. Ihre Mutter, unsichtbar und sprachlos, tauchte auf. Ihr Vater, drei Mal so groß wie Mutter. Sie selbst als winziger, lebendiger Punkt hinter dem Rücken der Mutter. Voller Furcht.

Wieso jetzt solche Gedanken in ihr hochkamen, wusste Alina nicht. Die männliche Hand auf ihrer Hand bewegte sich ein wenig. Alina wollte nicht, dass Vater sie schlug, und sie zwang sich zum Zuhören, jetzt und hier. Vater und Mutter verschwanden langsam.

Das Trio huschte leicht und sehr schnell über die Tasten. Gegen Schluss erklang wiederum das Hauptthema, getragen, langsam.

Bewegungslos saß Alina. Dachte nicht an Klaus Winter neben sich, auch nicht an ihr hübsches Kleid, nicht an die teuren Eintrittskarten.

Alles in allem war Klara zufrieden mit diesem Abend. Etwas mehr Gefühl hätte sie sich vom Pianisten gewünscht.

Alina sah Ralph vor sich, der sie stützte, sie behütete, auch wenn er nicht wusste, was ein Rondo, eine Coda, ein Accelerando war. Ralph. Ralph im Sommer neben dem Weizenfeld, Ralph im Winter mit seinem Arm um ihre Schulter.

Oder war sie, Klara, selbst es, die zu wenig Gefühl mitschwingen hatte lassen? Warum hatte ihr Kopf es nicht geschafft, aus der Beobachterrolle hinauszutreten und hineinzugleiten in die Musik?

Sie wusste es nicht.

Auch ihre Tochter Dina sah Alina, nach der Geburt, verletzlich, zerbrechlich, als guter Mensch geboren.

Der musikalische Zwist zwischen der Freude und der Trauer, dem Hellen und dem Dunklen, ging dem Ende zu. Alina wurde behutsam aus ihren Fantasien geholt, sah die vielen Musikanten und war glücklich. Wer in diesem Zwist gesiegt hatte, war jetzt klar. Ihr Daumenhalten hatte geholfen.

Klara spürte in der Musik Schuberts, dass das Konzert langsam zu Ende ging. Vielleicht hätte sie Hannes heute Abend mitnehmen sollen. Aber was hätte das letztlich gebracht. Er litt doch unter der Unfähigkeit, Gefühle zu beschreiben. Also war es doch wohl besser, hier allein hergekommen zu sein.

Am Schluss zeigte Alina ein anschwellender, immer lauter werdender, fast überirdischer Ton, dass die Welt in Ordnung war. Zumindest für eine kurze Zeitspanne.

Der Applaus erschreckte sie ein wenig.

Sie verließ mit Dr. Winter das Schloss, sprach nicht, war anderswo mit ihren Gedanken.

Das Konzert hatte ihr nicht nur gefallen, sie war vollgefüllt mit all den wunderbaren, aber auch trauernden Klängen.

Fassungslos war sie, ohne Fassung, aus der Fassung.

Zum Sektempfang wollte sie nicht mehr. Nein. Sie ging still neben Klaus Winter einher.

Die Bekannten aus der Hauptstadt, die Klara auf der Straße vor dem Stadtsaal traf, meinten auf ihre Frage nur:

„Ja, sehr schön wars. Ein leider etwas kurzes Konzert, aber eine sehr gute Interpretation der beiden Schubert-Impromptus. Wenn man bedenkt, es war ja doch ein Konzert in der Provinz. Alle Achtung, ja, alle Achtung. Wir werden den Eintrittspreis natürlich nicht einfordern. Die Kulturarbeit in Karberg gehört doch unterstützt, nicht wahr? Ja, es war eine sehr schöne Darbietung".

Klara erschrak bei diesen nüchternen Worten. Irgendein Fluss in ihr gefror zu Eis, mit einem Schlag.

Als sie wieder auf der Straße waren, drückte Alina ihrem Begleiter einen raschen, kleinen Kuss auf den Mund. Er wich aus.

„Nein", flüsterte er lächelnd. Nur „Nein".

„Danke", sagte Alina, einfach. „Danke".

In dieser Nacht schlief sie gut. Traumlos schlief sie.

Klara fuhr nach Hause. Tränen erzeugten Schlieren auf ihrer Wange. „Irgendetwas stimmt nicht", dachte sie.

Sie schlief schlecht in dieser Nacht. Ohne Träume schlief sie.

Am nächsten Tag, morgens, dachte Klara, dass jetzt eines ihrer „Endsatzspiele" entspannend für sie wäre. Sie musste nicht schon um acht Uhr in der Buchhandlung sein. Also konnte sie sich noch vor der Arbeit ihrem Spiel widmen. Ihrem Endsatzspiel, von dem niemand wusste außer ihr. Sie wollte auf andere Gedanken kommen, wollte weg von der glatten Analyse ihrer Bekannten aus der Hauptstadt gestern Abend. Einer Analyse, die sie erfrieren hatte lassen. Nur ihre Tränen, die waren nicht gefroren.

Klara griff wie immer nach einem Buch, das sie noch nicht gelesen hatte. Diesmal nicht in ihrer Buchhandlung, sondern daheim in ihrem Turm. Sie holte sich Kaffee, lagerte ihre Beine hoch.

Jean Anouilh – „Brief an eine junge Dame" stand da als Titel auf einem schmalen Band. Wieso hatte sie diesen kurzen Text noch nie beachtet?

Sie blätterte zum letzten Satz:

„Wir leben doch alle hier auf Erden in der Hoffnung, so gut es geht den Tod zu betrügen."

Das war die letzte Zeile aus dem Bändchen von Jean Anouilh. Klara hatte jetzt etwas Zeit und auch Lust, diesen Text von hinten her aufzurollen. Sie wollte sich, wie schon des Öfteren, eine kurze Geschichte ausdenken, die vor den letzten Satz des Schriftstellers passte. Ein Text vor dem Ende also. Zurückgehen in der Handlung, zurückgehen in der Zeit, das wollte sie. „Endsatzminiaturen" – Klaras Spiel. Diesmal war also Anouilh dran.

Sie schrieb einen Gedanken auf, verwarf ihn wieder, wollte etwas Besonderes formulieren. Der Morgen war vielleicht nicht für Besonderes geeignet, dachte Klara. Sie strich alles wieder durch. Begann, anderes zu Papier zu bringen.

Bei ihren „Endsatzminiaturen" schrieb sie meist mit der Hand. Beim Schreiben auf dem PC war da immer die Maschine zwischen ihr und dem Text. Sie brauchte mehr Nähe zu den Buchstaben, und wenn sie händisch schrieb, flossen ihre Ideen direkt von ihrem Kopf aufs Papier und nicht über den technischen Umweg eines PC.

Sie schrieb also.

Wollte schreiben.

Es gefiel ihr nicht.

Beim dritten Versuch eines Kurztextes wurde sie zornig, zornig auf sich selbst. Sie war ganz einfach keine Schriftstellerin, auch wenn sie eine Buchhandlung besaß. Und sie fluchte, was selten geschah. Nein, Schriftstellerin zu sein, das hätte mehr von ihr abverlangt. Gut, dass niemand von ihren Schreibversuchen wusste. Da kam ihr ihre selbstgewählte Einsamkeit zugute. Oder besser, ihr selbstgewähltes Alleinsein. Es wäre unmöglich für Klara, mit jemandem über ein Buch zu sprechen, das sie gerade schrieb. Auch nicht über ein schon geschriebenes. War es nicht doch Einsamkeit?

„Es bedarf immer einer Trennung von anderen Leuten um die Person herum, die Bücher schreibt", dachte Klara. Also Einsamkeit. Alleinsein. „Auch die Illusion zu glauben, der Einzige zu sein, der geschrieben hat, was man geschrieben hat, sei es nun wertlos oder wunderbar, diese Illusion hat wohl jeder Schreibende", war Klara überzeugt. Aber wenn sie ein Buch geschrieben hätte, über das die Kritiker sagen würden: *Es ist mit nichts zu vergleichen*, dann könnte sie damit etwas anfangen. Damit schon.

All diese Gedanken festigten Klaras Einsicht, keine Schriftstellerin zu sein. Nein. Und wenn sie in den letzten Jahren manchmal doch ein paar Gedanken zu Papier gebracht hatte, war der Text in ihrer Schublade gelandet und verstaubte dort. Ihr Schreiben war wohl nur ein Versuch, sich eine andere Welt zu schaffen, eine fantastische, leichtfüßige.

Klara zerknüllte die bekritzelten A4-Blätter mit den Textfetzen und warf sie in den dafür vorgesehenen Korb.

Nein, keine Schriftstellerin. Das war klar.

Und außerdem: Es ging einfach nicht heute. Es war der falsche Tag.

Unzufrieden stand sie auf und fuhr zur Arbeit.

Ihre Putzhilfe würde den Papierkorb entleeren und die Zeugen ihrer Unfähigkeit aus der Wohnung schaffen.

„Shit" und nochmals „Shit".

Es ist nichts Außergewöhnliches, wenn ein alter Mann stirbt. Trotzdem. Alina war traurig. Der Alte war noch vor einer Woche recht rege gewesen. Dann ging es bergab mit ihm. Oder bergauf? In den Himmel? Er sprach etwas wirr, klagte über Schmerzen, aber konnte nicht sagen, wo die Schmerzen lagen. Im Magen? Oder im Bauch? Vielleicht am Rücken? Bis er gar nichts mehr sagte.

Wenn Alina morgens das Spital betrat, erwartete sie, einen Toten vorzufinden. Sie hatte Angst davor. Der Alte war so lustig gewesen vor ein paar Tagen. Er hatte immer Scherze auf Lager, manchmal auch derbe. Und jetzt war da die Palliativstation. Alina dachte an den 17-jährigen Peter. Der Leukämiefall. Natürlich war das jetzt anders, ganz anders. Alte sterben nun einmal, das empfand sie als natürlichen Verlauf der Dinge. Aber sie hing an dem Alten. Er hatte einen Namen, er hieß Hans. Und er hätte Alinas Großvater sein können, der im Land unter den Bomben längst gestorben war. Die beiden sahen sich ähnlich, Hans und Opa.

Immer wieder sprach sie ihn an: „Hans. Hörst du mich?" Vergeblich. Sie begann, ihm Märchen zu erzählen. Dieselben Märchen, die sie auch ihrer Tochter Dina erzählt hatte, vor langer Zeit. Da war das Rotkäppchen, das den mitgebrachten Wein für Großmutter selbst austrank. Das Schneewittchen, das immer viel zu stark geschminkt war. Auch von Hans im Glück erzählte sie. Ja, Hans. Der Gestiefelte Kater kam in ihren Geschichten ebenfalls vor. Dieser aber, von dem sie, Alina, erzählte, konnte fliegen, nicht nur große Schritte machen.

Viel Zeit verbrachte Alina am Bett ihres Hans. Ihr Chef hatte Verständnis und nicht nur das. Er war froh, dass jemand Hans Bauer betreute. Dafür war ohnehin selten Zeit.

Am sechsten Tag des Schweigens setzte Hans sich im Bett auf, kerzengerade. Er rief, deutlich verständlich:

„Wieso bin ich hier in diesem Hotel? Ich will heim zu meinem Kakadu!"

Nach zwei Minuten rührte er sich nicht mehr. Er war tot. Hans war tot. Hans im Glück.

Alina öffnete das Fenster.

Ein Schmetterling flog aus dem Krankenzimmer. Ein bunter, großer Schmetterling.

Als Alina spät abends heimkam, fand sie im Postkasten ein A4-Blatt, leicht zerknüllt. Sie entfaltete es und las:

„Wir leben doch alle hier auf Erden in der Hoffnung, so gut es geht den Tod zu betrügen."

Wo das Blatt her war, wusste Alina nicht. Am ehesten traute sie solch eine seltsame Post Klaus Winter zu. Aber warum schickte er ihr diesen Zettel? Letztlich war es Alina egal.

Hatte Hans es geschafft, den Tod zu betrügen? Wahrscheinlich schaffte das niemand, auch Hans nicht, auch sie nicht.

In Klaras Buchhandlung fanden Lesungen statt. Ab und zu. Darauf legte Klara wert. Die Leute sollten immer wieder ein wenig überrascht werden. Überrascht von Literatur, von der Fantasie mancher Autoren.

Diesmal war ein junger Mann zu Gast, Max Wober. Die Buchhandlung war nur halb gefüllt, wie schon des Öfteren.

Max Wober stellte einen Text vor, der Klara nicht sehr behagte. Es ging um ein Attentat des IS in Syrien und um ein deutsches Mädchen, das in das blutige Geschehen hineingezogen wurde. Eine Freiwillige aus Europa, 17 Jahre alt. Viele verloren das Leben in Wobers Text. Es wurde geschossen, gestochen, auf vielfältige Weise attackiert. Am Ende fand das Mädchen den Tod.

Während der Autor las, dachte Klara nach über „das Leben verlieren" und auch über „den Tod finden". Man „verliert das Leben" wie eine Geldbörse auf dem Heimweg nach einem Fest. Der Unterschied war: die Geldbörse konnte unter Umständen wiedergefunden werden. Oder man „findet den Tod" wie einen versprochenen, vergrabenen Schatz. Es war wohl als ein einziger Satz zu lesen: „Er verlor das Leben und fand den Tod". Das ergab Sinn, das war irgendwie tröstlich.

„Sprache ist seltsam", dachte Klara.

Alles in allem gefiel Klara der Text nicht. Er war ihr zu plakativ, zu viel Blut, zu viel Sterben darin. Ja, es war die Wirklichkeit, die da beschrieben wurde, aber Klara wollte keine entsetzliche Wirklichkeitsbeschreibung in einem Buch. Sie wollte Fiktion, Fantasie, vielleicht einen hauchzarten Anflug von Realität, aber ja nicht zu viel. Ihr Bedürfnis nach Weltgeschehen war durch die Nachrichten ausreichend gedeckt. Mehr wollte sie nicht. Wollte keine Attentate, in hunderten Zeilen beschrieben. Wollte keine jungen Mädchen, die im Krieg starben. Sie verweigerte sich der Wirklichkeit. Sah immer weniger Berichte im TV. Den Sender WELT hatte sie schon stillgelegt, auch ntv. Zumindest für eine

Weile. Auch wenn das manchen Leuten naiv vorkam, sie war eben so. Naiv. Und sie liebte Rilke, Baudelaire, Capus, Heine, Ringelnatz. Die waren nicht ganz so blutig.

Die Besucher der Lesung fanden den Text spannend. Das Buch verkaufte sich gut. Und das freute Klara.

Sie schloss um 22 Uhr den Laden und war zufrieden. Wünschte sich nur Träume ohne Blut und ohne Sterben.

Seit einigen Wochen beschlich Alina eine belastende Sorge, die sie auf ihren Schultern spürte. Es wusste sonst niemand davon. Nur Ralph. Dina, ihre Tochter, war immer weniger daheim, ging aus, ohne der Mutter etwas zu sagen. Nicht einmal grüßen wollte sie, wenn sie die Wohnung abends noch verließ.

„Wo gehst du eigentlich hin, Kind?"

„Mama, ich bin 17, fast 18. Es geht dich nichts an, wo ich meine Zeit verbringe".

Das sah Alina anders, machte ihrer Tochter Vorwürfe. Dadurch wurde Dina aber noch verstockter, noch abweisender. Irgendetwas hatte Alina falsch gemacht. Zumindest glaubte sie das.

Noch wusste sie nicht, wie sie dem allen entgegentreten sollte. Wie sie an Dina herankommen konnte. Meistens dachte sie, dass dies alles nicht so schlimm wäre, dass Dina schon bald wieder ihr Kind, ihr liebes Kind, werden würde. Eine Phase, die sicher bald vorüberging. Sie als ihre Mutter brauchte vielleicht nur zuzuwarten.

Alina ergriff jede Gelegenheit, sich von diesen Sorgen abzulenken. Sie ging einkaufen, obwohl es noch nicht notwendig gewesen wäre, ging viel ins Kino, auch mit Ralph. Zwischen Ralph und Alina war Dina kein Thema. Sie versuchten, die Entwicklung als normal anzusehen. Späte Pubertät eben. Aber das wollte nicht so recht gelingen.

An einem dienstfreien Vormittag suchte Alina die Buchhandlung „Bücher von Klara" auf. Sie wollte ein Kinderbuch erwerben, für ihren kleinen Neffen. Und für Dr. Winter einen Bildband über Island, ein Land, von dem er kürzlich geschwärmt hatte.

Die Türglocke klingelte, Alina betrat den Laden.

Sofort stürzte sich eine leger gekleidete Dame auf sie und bat sie, bei einem kleinen Experiment mitzumachen.

„Es ist so etwas wie eine Meinungsumfrage, aber doch anders als die üblichen. Völlig ungefährlich", lachte die Dame.

Alina glaubte der Frau die Ungefährlichkeit, war neugierig genug mitzumachen.

„Setzen Sie sich bitte", und schon stand ein Sessel für sie bereit.

„Ich nenne Ihnen Wörter, ganz durcheinander, und Sie sagen möglichst rasch, was Ihnen dazu einfällt. Beispielsweise passt auf FEST der Gedanke TANZ. Verstehen Sie?"

Alina verstand. Sie war ja nicht blöde und fand das Spiel jetzt schon amüsant.

„Bereit?", fragte die Dame.

„Bereit."

„SEE" – „SPIEGEL"

„HÖLLE" – „HIMMEL"

„TOD" – „LEBEN"

„SORGE" – „DINA"

„FREUDE" – „KONZERT"

„LIEBE" – „RALPH"

„WASSER" – „DURST"

„KRIEG" – Alina stockte.

„Nochmals: KRIEG" – „ZUHAUSE"

„SCHUSS" – „PANZER"

„SCHMERZ" – Und wieder stockte Alina. Doch sie machte weiter:

„EIN BEIN WEGGESCHOSSEN"

„WOHNHAUS" – „ZERBOMBT"

„HEIMAT" – „BOMBENLAND".
Alina wollte nicht mehr. Auf keinen Fall wollte sie weiter dieses Spiel spielen, das gar keines war. Plötzlich begann sie zu schreien. Schrie und schrie, bis ein Besucher der Buchhandlung es schaffte, sie zu beruhigen. Wozu dieses Wortspiel gut sein sollte, fragte sie nicht. Sie stand auf und ging schnell Richtung Tür, ohne nach den zwei Büchern zu suchen, die sie kaufen wollte.
Die Türglocke klingelte.
„Danke, Frau …?", rief ihr die leger gekleidete Dame nach.
Draußen im Freien sah Alina die Besitzerin des Buchladens auf die Eingangstür zugehen. Fast wären sie zusammengestoßen. Alina wollte ihr aufgewühltes, zerstörtes Gesicht nicht zeigen, ging rasch davon.

Abends hörte sie ihre Tochter heimkommen und war beruhigt. Aber die Worte aus dem Buchladen ließen sie nicht los:
TOD, KRIEG, HEIMAT, SCHUSS, PANZER, EIN BEIN WEGGESCHOSSEN, HUNGER, DURST, BOMBENLAND.
Es war doch schon so lange her, dass sie geflohen war vor dem Krieg. Mit Dina. Also warum dieser Film in ihrem Kopf? Warum? Ein Film, der sich Luft gemacht hatte in einem merkwürdigen, ungefährlichen Spiel.
Heute weinte Alina sich in den Schlaf.
Ralph fragte nicht.

Morgens zwang sie sich zu jener heiteren Fröhlichkeit, die man von ihr kannte. Alina, immer guter Laune. Und diese Fröhlichkeit steckte an. Sie selbst steckte sie an.
Alles war gut. Zunächst.

Klara näherte sich ihrem Buchladen, als eine Frau völlig außer sich, mit verschmiertem, verweintem Gesicht, aus der Tür lief. Fast wären sie zusammengestoßen.

„Was war da los?", fragte Klara.

„Ich hab' – wie gestern mit Ihnen besprochen, Frau Visante – eine Besucherin ihrer Buchhandlung gebeten, auf meine Reizwörter hin Antworten zu geben. Es ist ein ungefährliches Spiel. Nur für ein kleines Experiment von Psychologen, für die ich arbeite. Die Dame machte sogar gerne mit, aber auf einmal ... Ich weiß nicht, was los war."

„Na gut. Wollen Sie dieses Spiel nicht auch mit mir spielen, Frau Meier? Dann sehen wir ja gleich, ob es tatsächlich so ungefährlich ist."

„Gerne, Frau Visante. Bereit?"

„Ja, bereit."

„SEE" – „WASSER"

„HÖLLE" – „GIBT ES NICHT"

„TOD" – „SANFT"

„SORGE" – „KRANKHEIT"

„FREUDE" – „KONZERT"

„LIEBE" – „EINSAMKEIT"

„WASSER" – „QUELLE"

„KRIEG" – „1938"

„SCHUSS" – „KRIMI"

„SCHMERZ" – „UNFALL"

„WOHNHAUS" – „TURM"

„HEIMAT" – „FRIEDEN".

„Und das war's schon, Frau Visante. Ungefährlich?"

„Ungefährlich."

Die paar Leute, die da waren und Bücher suchten, lächelten, aber nur ein wenig. Die Worte der Frau, die so geschrien hatte, klangen noch in den Ohren der Anwesenden nach.

Klara meinte zu den Angestellten, dass sie nur gekommen wäre, um etwas zu holen. Sie sei schon wieder weg. Und mit einem Packen A4-Blättern eilte sie wieder hinaus aus ihrem Geschäft.

Sie freute sich auf den kleinen Spaziergang nach Hause, die Luft war angenehm frisch heute.

Als Klara zu ihrem Turm ging, nahm vor ihr ein Mann dieselbe Richtung wie sie. Er konnte sie nicht sehen. Dunkel war dieser Mann, dunkles gelocktes Haar, dunkle, zerschlissene Kleidung, vielfach gebraucht. Klara dachte sofort an einen Fremden. Und sie hatte Angst. Ihr Verstand sagte ihr, dass da keine Gefahr drohte, dass sie eine weltoffene, tolerante Frau war, aber ihr Herz begann schneller zu schlagen. Sie musste sich eingestehen, dass sie sich fürchtete. Fürchtete vor dem fremden dunklen Mann, vielleicht vor Terror, vor einem Attentat wie bei diesem Text von Max Wober. Offensichtlich hatte sie Vorurteile, die ihr peinlich waren. Peinlich gegenüber sich selbst. Das ärgerte sie sehr. Der Ärger überdeckte die Angst, und doch war es beunruhigend, hinter dem Auslöser ihrer Angst zu ihrem Turm zu gehen. Ihrem Turm. Da durfte sich niemand aus Syrien, aus Jemen, aus dem Libanon oder sonst woher nähern. Auf keinen Fall. Klara sah ihren Turm in größter Gefahr. Vielleicht wollte der Mann den Turm abfackeln, ihn zerstören bis auf die Grundfesten. Schnell strich sie diese Vorstellungen aus ihrem vernünftigen Kopf. So ein Unsinn.

Plötzlich sah Klara, wie sich die desolate Kleidung des Fremden vor ihr verwandelte in einen Umhang aus rotem Brokat, mit goldbesetzten Säumen. Herrscher über Damaskus, 1001 Nacht. Ein Märchen, glitzernd und ehrfurchtgebietend. Ein gerechter Herrscher, ein guter König. Damaskus. Vielleicht Bagdad. Aladin und sein Wunder. Es klang nach Träumen, nach hellen, gleißenden Kinderträumen.

Aber da waren auch zerrissene, blutige Bilder. Bilder von Bomben, Toten, Krieg. Viele solche Bilder. Viel zu viele.

Klara zwang sich zu klarem Denken. Sie achtete darauf, dem Mann nicht näher zu kommen, hielt den Abstand immer gleich. Als sie merkte, dass der Andere genau dieselbe Richtung einschlug wie sie, begann sie zu zittern und zu frieren. Da ging also dieser

Fremde zu ihrem Turm. Auch wenn er Herrscher von Bagdad war. Er ging zu ihrem Turm. Klara bewegte sich nur mehr automatisch. Wie eine Marionette fühlte sie sich. Eine Marionette an den Fäden ihrer Furcht. Damaskus, die sagenhafte Stadt, rückte weit weg von Karberg. Nur die Furcht war dageblieben. Eine unwirkliche und unwürdige Furcht.

Als Klara sah, dass der Fremde auf der Höhe ihres Turms angelangt war, hätte sie am liebsten gerufen:

„Nein!" Doch dafür fehlte ihr der Mut.

Gleich darauf begriff sie. Alle Furcht war sinnlos gewesen. Der Mann ging am Turm vorbei, ohne ihn anzusehen. Er ging einfach vorbei und weiter den Weg nach oben.

Klara fiel ein, dass es da ein altes Verwaltungsgebäude gab, das von der Gemeinde Karberg schon vor längerer Zeit für Geflüchtete bereitgestellt worden war. Natürlich. Dort wohnte sicher der bescheiden gekleidete Mann. Mit Familie, mit Kind, mit Kegel.

Klara sperrte die Tür ihres Turms auf, schloss immerhin hinter sich ab, zog sich bequeme Kleidung an, war gewillt, sich eine Omelette zu braten.

Sie musste laut lachen, und gleichzeitig schämte sie sich.

So etwas Unsinniges, Irrationales, das sie da zugelassen hatte. Sie hatte sich doch sonst gut unter Kontrolle. So etwas ganz und gar Unsinniges.

Manchmal grübelte Alina eine Stunde oder mehr darüber, wie sie Dina ansprechen sollte, um ihr Vertrauen wiederzugewinnen. Ein Vertrauen, das früher da war und über das sie sich als ihre Mutter gefreut hatte. Jetzt war alles anders. Dina war ruppig, schnippisch, fast gemein. Sie lachte ihre Mutter aus, warf ihr vor, dass sie nur Krankenpflegerin geworden war, sie sich daher nichts leisten konnten.

„Ich sage meinen Freunden, ich hätte keine Mutter mehr, weißt du. Dann brauche ich mich nicht zu schämen für dich."

Das saß wie ein Stich ins Innere des Körpers. Kränkend, gemein, angriffig war Dina geworden. Und Alina war ratlos. Aber sie schaffte es noch, zu fragen:

„Und wer sind deine neuen Freunde? Bring doch einmal einen mit nach Hause."

Dina lachte nur schallend und schrill.

„Ein Haus, das innen ausgehöhlt worden ist von dieser radikalen Clique", so dachte Alina über Dina. Ausgehöhlt, bis nurmehr die Außenwände des Hauses standen. Eine leere Marionette. Aber ihre Tochter.

Ralph bemerkte sehr wohl, was mit Alina vorging. Und er wusste auch, warum. Er kannte den Grund.

Von ihren Arbeitskolleginnen wusste keine Bescheid. Nur Liliya. Ihr vertraute Alina. Liliya aber wusste auch keine Lösung.

Alina wurde stiller, blasser. Wie sollte das weitergehen? Wie?

Klara begegnete ihm wieder, diesem Fremden. Bei ihrem Spaziergang bergauf zu Jesus am Kreuz sah sie ihn.

Der Mann aus Damaskus – Mehmet nannte Klara ihn – stand beim hölzernen Kreuz. Die Gemeinde hatte den Sohn Gottes längst habilitiert und renoviert. Er war wie neu, hing wieder senkrecht an seinem Marterpfahl, ein paar Töpfe brauner Farbe haben ihn fast so langweilig gemacht wie so viele Gehenkte im Lande Mehmets. Klara schien es für einen Moment, als ob der Mann aus der Ferne Jesus anspucken würde. Spucke auf seinen Füßen. Aber bei genauerem Schauen sah Klara, dass Mehmet Jesus Christus vorsichtig berührte. Danach machte er dasselbe, was Klara vor einiger Zeit gemacht hatte. Er demontierte Jesus, legte ihn vorsichtig auf die kleine Wiese, Kopf nach Osten, schaute ihn lange an und legte eine rote Plastikblume auf seine Brust.

Dann lief Klara weg. Weg von der Szene, die so versöhnlich und friedlich wirkte. Welche Verbrüderung fand hier statt?

32

Daheim hatte Klara wieder Lust auf eines ihrer „Endsatzspiele". Nein, es war keine Lust. Es drängte sie dazu. Wahrscheinlich wollte sie nicht mehr an Syrien und die Menschen denken, die von dort geflüchtet waren, auch wenn sie als Könige in rotem Brokat in ihr Land kamen.

Ein Buch aus ihrer Privatbibliothek war schnell gefunden: Martin Suter – „Die dunkle Seite des Mondes".

Sie blätterte zu den letzten Sätzen, zum letzten Satz:

„Wenig später verschwand der Name Blank vom diskreten Messingschild seiner Kanzlei, und nach ein paar Monaten das Messingschild."

Klara setzte sich zu ihrem Arbeitstisch und schrieb:

Hanna brauchte Hilfe. Dass es Beratungsstellen für so etwas gab, fand sie schnell heraus. Wie ging es jetzt weiter? Solch eine Beratungsstelle müsste doch helfen, dachte sie. Eine Freundin hatte ihr die Adresse gesagt. Ein Dr. Blank sei dort zuständig.

Und tatsächlich: „Kanzlei Dr. Blank" stand auf einem diskreten Messingschild. Es gab hier noch viele andere Namen auf dem Schild.

Dr. Blank empfing Hanna freundlich, ließ Kaffee servieren. Und dann erzählte Hanna. Alles.

Nach einer halben Stunde geschah Unerwartetes. Dr. Blank griff nach der Kaffeetasse und streckte dabei seinen Arm so weit vor, dass seine Manschette eine Tätowierung frei gab. Oberhalb des Handgelenks prangte ein mattblaues Tattoo. Ein erschreckendes Tattoo.

Abrupt stand Hanna auf, rannte fast aus dem Raum. Warum schrie sie ihm nicht ins Gesicht? Warum ohrfeigte sie ihn nicht?

Schon war sie draußen auf der Straße und weinte ohne Tränen.

Das Gebäude, das Hanna fluchtartig verlassen hatte, lag an ihrem Arbeitsweg. Als sie am nächsten Tag zu Fuß zur Arbeit ging, sah sie beim Vorbeigehen verstohlen auf das Schild, das an der Hausmauer angebracht war. Es war noch da.

Wenig später aber verschwand der Name Blank vom diskreten Messingschild seiner Kanzlei, und bald das Messingschild.

Wieder ein Text für die Schublade, dachte Klara. Aber es war spannend gewesen, ihn zu schreiben.

Zufrieden ging sie zu Bett und träumte nicht von Damaskus.

33

Alina konnte das Problem mit Dina nicht allein lösen. Sie war stark in vielen Dingen, aber dazu, nein, dazu war sie zu schwach. Sie brauchte Hilfe. Dass es Beratungsstellen für so etwas gab, fand sie schnell heraus. Stellen, wo man ohne Scheu und Scham erzählen konnte, was passiert war. Die Tochter, ihre kleine Dina, eine Rechtsextreme? Noch dachte sie an einen bösen Traum, konnte es kaum glauben. Wie ging es jetzt weiter? Was sollte sie tun? Ratlos, das war alles, was ihr dazu einfiel. Einfach ratlos. Solch eine Beratungsstelle müsste doch helfen, dachte Alina. Eine Freundin hatte ihr die Adresse gesagt. Ein Dr. Blank sei dort zuständig.

Und tatsächlich: „Dr. Blank" stand auf einem diskreten Messingschild. An fünfter Stelle. Es gab hier noch viele andere Namen auf dem Schild. Fast alle mit akademischen Graden.

Alina klopfte laut. Sollte doch jeder hören, dass sie offen und ungeniert sprechen würde vor Dr. Blank.

Sie empfing Alina freundlich, bot ihr Platz an, ließ Kaffee servieren. Ja, Zuversicht und Schutz strahlte sie aus. Alina empfand den Raum, den sie gerade betreten hatte, als Kanzlei, nicht als Beratungszimmer. Als noble Kanzlei von dieser Dr. Blank.

Und dann erzählte Alina der fremden Frau alles, was sich zugetragen hatte. Alles. Offenbar hatte Dr. Blank Zeit genug. Alina hatte das Gefühl, dass allein das Reden und Erzählen schon guttat. Und sie spürte, dass ihr hier geholfen werden konnte. Sie wollte erfahren, wie sie Dina begegnen sollte, wie sie mit ihr reden sollte.

Nach einer halben Stunde geschah Unerwartetes. Dr. Blank griff nach der Kaffeetasse und streckte dabei ihren Arm so weit vor, dass der Ärmel ihrer Bluse eine Tätowierung frei gab, die Alina lieber nicht gesehen hätte. Sie wurde bleich, stockte in ihrem Wortschwall, wusste nicht, was tun. Oberhalb des Handgelenks prangte ein mattblaues Tattoo in Form eines kleinen Hakenkreuzes. Diese Beraterin war also eine, die dazugehörte, dazu zu denen, die Alinas Tochter verführt und verändert hatten. Nein, nicht nur verändert. Nicht mehr zu erkennen war Dina.

Abrupt stand Alina auf, bedankte sich kurz, rannte fast aus dem Raum. Warum schrie sie der Frau nicht ins Gesicht? Warum ohrfeigte sie sie nicht? Oder beschloss, sie anzuzeigen? Sie wollte nur weg, weg, weg. Draußen auf dem Gang sprach sie ein Mann an:

„Geht es Ihnen gut, gnädige Frau?"

„Ja, danke, geht schon."

Schon war sie draußen auf der Straße und weinte ohne Tränen. Vielleicht war es ja gar kein Hakenkreuz gewesen. Vielleicht hatte Dr. Blank ein Tattoo wie viele Leute heutzutage. Eine Rose, eine Blume, einen Engel. Womöglich hatte sie sich nur verschaut. Bestimmt hatte sie sich verschaut. Sie sah wahrscheinlich Gespenster. Sicher sogar. Aber zurück in das Beratungszimmer wollte sie nicht mehr. Nie mehr.

Jetzt war sie also wieder allein mit ihren Sorgen.

Das Gebäude, in dem sich dieses Hakenkreuz in ihre Augen und ihr Hirn gebrannt hatte, lag an Alinas Arbeitsweg.

Als sie am nächsten Tag zu Fuß zur Arbeit ging, sah sie beim Vorbeigehen verstohlen auf das Schild, das an der Hausmauer angebracht war. Es war noch da.

Wenig später verschwand der Name Blank vom diskreten Messingschild der Kanzlei.

Und bald das Messingschild.

34

Eines Tages kam Alinas Tochter mit geschorenem Kopf nach Hause. Sie war stolz auf ihren neuen Look, auch wenn in ihrer Stimme eine leise Unsicherheit mitschwang.

Alina sagte nichts. Sie verstand nichts mehr. Und die Tochter war ihr endgültig entglitten. Dachte sie.

Sie hätte Dina rauswerfen können, aber Mütter machen das selten. Was hätte es auch geändert?

In Dinas Schule, dem Karberger Gymnasium, erbrachte sie mit Mühe und Not jene Leistungen, die fürs Aufsteigen zu erbringen waren. Gerade noch.

So vergingen Tage der Unsicherheit und der Sorge. Dinas Kleidung wurde immer auffallender, schwarz, mit Totenköpfen und Runenschrift auf dem T-Shirt. Alinas Freundin Liliya aus dem Krankenhaus, der Alina sich anvertraut hatte, öffnete ihr die Augen:

„Sie ist zu den Rechten gegangen, meine Gute. Kann sein, es ist eine harmlose Phase, kann aber auch sein, dass deine Tochter abdriftet in üble Gewässer. Ich ginge zu einer Beratung an deiner Stelle."

„Bei einer Beratung war ich schon. Ist schief gegangen. Da will ich nicht mehr hin."

Alina wollte es anders versuchen. Mit Verständnis, Zuhören und Liebe.

Es folgten Wochen der vergeblichen Versuche, eine Brücke zu bauen. Wenn Dina heimkam – manchmal blieb sie auch über Nacht weg –, dann kochte Alina ihr ihre Lieblingsspeisen, zeigte Interesse an dem, was Dina erzählte. Aber ihre Tochter sprach kaum mehr mit ihr. Sie wurde einsilbig, stumm, verstockt. Alinas Plan der Zuwendung funktionierte nicht. Und Alina selbst wurde immer unausgeglichener und verzweifelter. Ralph tröstete sie zwar, aber das Befinden seiner Freundin wurde trotzdem immer schlechter. Was sollte Ralph denn auch tun? Er wurde langsam etwas unzufrieden mit solch einer verstörten Partnerin. Das war nicht die Frau, in die er sich verliebt hatte. Trotzdem schwieg er und achtete auf eine ruhige Atmosphäre, in der sich seine Alina geborgen fühlen konnte.

Er hatte Angst, dass Alina krank werden könnte.

Auch Alina selbst hatte diese Angst.

Die Warteschlange an der Supermarktkasse war nicht allzu lang. Zwei Kundinnen standen noch vor Klara. Die erste war damit beschäftigt, ihre Waren möglichst rasch in ihre Einkaufstasche zu legen. Als sie am Zahlen war, wusste Klara, woher sie sie kannte. Es war jene Frau, die damals aus ihrer Buchhandlung gestürmt war, völlig verstört.

Heute war ihr Gesichtsausdruck auch nicht besser. Klara meinte zu erkennen, dass diese Frau ihren Blick senkte, um dem ihren nicht begegnen zu müssen. Vielleicht erinnerte auch sie sich an den gerade noch vermiedenen Zusammenstoß draußen vor Klaras Laden. Die Frau litt an irgendetwas, das war zu erkennen.

Klara hätte hingehen können, ihr sagen, dass sie sie kenne, aus dem Buchladen, ihrem Buchladen. Sie hätte sie fragen können, ob es ihr gut ginge, ob alles in Ordnung wäre. Sie hätte. Ja, aber sie tat es nicht. Klara sagte nichts zu der fremden Frau. Ließ sie gehen mit ihrem gesenkten Blick. So war Klara eben.

Sie verließ das Geschäft mit schlechtem Gewissen, aber sie war schließlich nicht verantwortlich für das Wohlergehen aller Leute in Karberg. Nicht wahr.

*Alina war gerade beim Zahlen. Die Kassierin an der Kasse hielt schon
fordernd ihre Hand auf. Alina wollte keine Minute mehr in diesem Su-
permarkt bleiben. Sagte, dass sie mit Kreditkarte zahlen wolle.*

*Als sie nach der Karte in ihrer Handtasche kramte, fiel ihr Blick auf
eine Frau hinter ihr in der Warteschlange, die sie kannte. Nach einer Sekunde wusste sie, woher. Als sie damals den Buchladen von Frau Visante
überstürzt verlassen hatte, war sie mit der Besitzerin fast zusammengestoßen. Jetzt war es Alina unangenehm, der Buchhändlerin ins Gesicht zu
schauen. Sie hatte keine Lust auf irgendeinen Kontakt. Nein, von Lust
war keine Rede. Sie fürchtete sich vor einem Gespräch mit Frau Visante.*

*Alina war anders geworden in der letzten Zeit, stiller, manchmal
stumm. Ein Lächeln war in ihrem Gesicht zur Seltenheit geworden.
Alina spürte nur mehr Dina auf ihren Schultern, und das machte sie
schwer und traurig.*

*Ralph bemerkte diese Veränderungen natürlich, aber er fühlte sich
nicht imstande, an der Situation etwas zu ändern. Also ließ er Alina in
Ruhe. Wusste aber nicht, ob sie in Ruhe gelassen werden wollte.*

Klara ging den Fahrweg zu ihrem Turm hinauf. Das Wetter war gut, sie war zu Fuß in der Arbeit gewesen.

Plötzlich kam ihr jemand unerwartet entgegen. Der Fremde. Klaras Ängste waren kaum mehr zu spüren. Sie hatte ja begriffen, dass oben im Verwaltungsgebäude Geflohene einquartiert worden waren. Ein durchaus harmloser Tatbestand.

Als Klara und der Fremde auf gleicher Höhe waren – sie auf der einen Seite des breiten Schotterwegs, er auf der anderen –, tat der Mann etwas Ungewöhnliches. Er lächelte Klara an. Lächelte einfach.

Klara wurde rot, was ihr schon lange nicht passiert war, und lächelte ganz vorsichtig zurück. Eine Sekunde lang begegneten sich ihre Blicke, dann gingen sie beide weiter ihres Weges.

Klara war überrascht, sehr überrascht von dieser Begegnung. Ihr Puls war erhöht.

Es war ihr unerklärlich, wieso sie so stark auf die Kontaktaufnahme des Arabers reagierte. Sie wusste es nicht. Aber die Furcht vor dem Fremden war wieder ein wenig in ihrem Kopf. Nur ein wenig.

Daheim kochte sie sich Tee, erledigte ein Telefonat mit ihrer Tante in der Großstadt, und abends sah sie sich einen belanglosen Film im Fernsehen an. Die Nachrichten hatte sie zuvor sofort weggedrückt.

38

Von ihrer belastenden Sorge um Dina hatte Alina den Winters nichts gesagt. Sie wollte wenigstens einen Bereich ihres Lebens nicht von dieser Sorge getrübt haben. Nein. Mit den Winters wollte Alina unbeschwerte Stunden erleben, soweit das eben ging. Sie brauchte Ruhephasen.

An einem Sonntag lud Frau Winter Alina ein, mit ihr und ihrem Mann an einen kleinen Schilfsee in der Nähe zu fahren. Eine halbe Stunde etwa würden sie brauchen für den Weg zum See. Alina sagte gerne zu, verbat sich selbst, zu viel an ihre Tochter zu denken. Am See angekommen, war sie erstaunt, nichts von dem idyllischen Plätzchen gewusst zu haben. Der See lag da in seinem Himmelsblau, das sich an der ruhigen Wasseroberfläche spiegelte, inmitten eines Gürtels von hohen Gräsern und im Wind schwankenden Schilfkolben. Grillen zirpten, Fische sprangen hie und da aus dem Wasser und schnappten nach Mücken. Ansonsten herrschte Stille. Und es war niemand zu sehen.

Die Winters und Alina gingen einen kurzen Weg durch den Schilfgürtel zum Wasser. Ein breiter alter Holzsteg führte zu einer Schneise im Schilf, von der aus man auf den ganzen See blicken konnte und – wenn man wollte – auch ins Wasser steigen konnte. Kleine Holzstufen waren dafür angebracht.

Es fühlte sich an wie Glück. Ein wunderbarer Sonnentag, das kaum hörbare Murmeln des Wassers, die leisen Platschgeräusche der Fische. Die Zeit blieb stehen und erlaubte Alina abzuschalten. Für eine kurze Zeitspanne.

Sie legte sich auf dem Holzsteg in die Sonne, ihr Bikini leuchtete im gleichen Himmelsblau wie der See. Sie legte die Sonnenbrille ab und schloss die Augen. Dr. Winter und seine Frau taten es ihr gleich. Ruhe und Stille waren alles, was Alina vernahm. Eine heiße, knisternde Stille. Ruhe, die leise durch ihren Körper wehte. Fast schlief Alina ein.

Sie stellte sich plötzlich vor, wie das Wasser des Sees immer höher stieg. Höher und höher. Es war nicht bedrohlich, es war angenehm. Die Welt machte sich daran, in Wasser zu versinken. Und sie, Alina, schwamm mitsamt ihrem Holzsteg immer obenauf. Immer obenauf. Sie konnte gar nicht untergehen. Im selben Maße wie das Wasser stieg, stieg auch sie nach oben. Immer der Sonne entgegen. Und wenn die ganze Welt sich mit Wasser füllte – sie würde obenauf schwimmen, von gleißendem Licht mitgehoben mit dem Wasser, dem See. Das Blau des Himmels immer über ihr. Immer obenauf würde sie schwimmen.

Eines Abends folgte Alina heimlich ihrer Tochter Dina, als sie um 22 Uhr die Wohnung verließ. Es war stockdunkel, also war es leicht, Dina hinterherzugehen. Schließlich führte der Weg zu einem kleinen Haus abseits der Bundesstraße. In diesem Haus verschwand Dina. Alina konnte unbemerkt am Fenster lauschen. Sie hörte nur Fetzen von Gesprächen, undeutliche Wörter wie Reich, Rasse, Widerstand. Auch „Araber raus, Juden raus", hörte sie. Was Alina aber hier sah, nicht hörte, das erschreckte sie maßlos. Da hingen Hakenkreuzfahnen, Texte in Runenschrift. Alina sah, wie die Burschen die Hand zum Hitlergruß erhoben, die wenigen Mädchen ebenso. Alle trugen sie schwere Stiefel und Schlagringe an den Händen. Auch ein Bierfass war zu sehen, auf das Menschen aus Schwarzafrika gemalt waren, verspottet von weißen Kahlköpfen. Alle, die sich hier versammelt hatten, trugen T-Shirts mit Totenköpfen.

Alina hielt es nicht mehr aus auf ihrem Lauschposten. Sie rannte heim, das Gesicht rot vor Ärger und Zorn. Weinen konnte sie nicht.

Als sie daheim ankam, fand sie eine gepackte Tasche im Vorzimmer. Ralph. Ralph war im Begriff, sie zu verlassen. Alina erstarrte, riss die Augen weit auf.

„Was ist?", stammelte sie.

„Ich bin nicht Dinas Vater, Alina, und das lässt sie mich derzeit stark spüren. Ich hab' keinen Einfluss mehr auf sie. Und diese Last, die hier seit einiger Zeit auf uns beide drückt, die will ich nicht mehr tragen. Lang hab' ich's versucht, aber es bringt nichts. Ich hab' noch ein Leben, das ich leben will, verstehst du? Ich geh' weg. Verzeih mir, Alina. Verzeih mir."

Alina hätte ihn schlagen wollen, mitten ins Gesicht, aber irgendetwas in ihr gefror zu Eis. Mit einem Schlag. Eine kalte Welle der Enttäuschung schwappte über Alina. Ein Tsunami raste auf sie zu.

In Gedanken lag sie wieder auf den Holzplanken des Stegs am Schilfsee. Das Wasser stieg. Sie schwamm nicht mehr obenauf. Sie ging unter. Einfach unter.

Für heute wurde ein Professor für Judaistik in der Buchhandlung erwartet. Klara hatte ihn eingeladen, glaubte aber nicht an sein Kommen. Prof. Helm war gerade auf Besuch bei Freunden in der Nähe von Karberg gewesen. Diese Freunde hatten ihm von der vielerorts bekannten Buchhandlung erzählt. Also fuhr er hin.

Als der Professor aus der Großstadtuniversität bei Klaras Buchladen einlangte, sah er sich zunächst genau um, durchschritt die verschiedenen Abteilungen, gab sich zunächst nicht zu erkennen. Bis ihn Klara direkt ansprach. Etwas, das sie sonst nicht tat.

„Sind Sie Professor Helm?"

„Ja. Und ich spreche wohl mit Frau Visante?"

„Freut mich, Herr Professor. Sie sind also doch gekommen."

Herr Helm lobte die Buchhandlung sehr, bewunderte die Vielfalt des Angebots, auch das Interieur. Am besten aber gefiel ihm die Abteilung für jüdische Geschichte und Kunst. Außergewöhnlich, umfangreich, gut sortiert, meinte er.

Klara bot Kaffee und Kekse an. Sie freute sich. Aber auch der Besucher.

„Ihre Buchhandlung ist ja weithin bekannt und beliebt. Und das alles haben Sie selbst aufgebaut?"

Klara erzählte von der Erbschaft, von ihren Bemühungen, fast alles bieten zu können, aber auch von ihrem Wohnturm und dass es ihr hier in dieser kleinen Stadt gut gefiel.

Der Besucher blieb über eine Stunde, bis er sich anschickte, die Heimfahrt in die Großstadt anzutreten. Prof. Helm kaufte noch rasch einen Band „Jüdische Witze", wollte bezahlen, Klara lehnte natürlich ab. Ein Abschiedskuss auf die Wange machte sie etwas verlegen, aber Prof. Helm hatte ihr gefallen. Wirklich gefallen. Gut gefallen.

Sie dachte an Hannes. Und sie beschloss in diesem Moment, aus der Beziehung mit Hannes den Sex zu streichen, den Kontakt als Freunde aber aufrechtzuerhalten. Ganz einfach zu fassen war dieser Beschluss. Und Hannes würde ihn akzeptieren, ohne zu zögern. Das wusste Klara. Hannes und Klara, Freunde also.

Sie ging zu ihrem Wohnturm hinauf. Schon aus einiger Entfernung sah sie zwei Leute auf den Stufen ihres Turms sitzen. Offenbar wartete jemand auf sie. Es war der Fremde mit einer Frau. Das muslimische Kopftuch der Frau konnte ihre Schönheit nicht verbergen. Ja, sie war schön.

Klara hatte keine Angst mehr. Vielleicht auch, weil eine Frau bei den Wartenden war. Ihre Nachbarn hier bei ihrem Turm zu sehen, betrachtete sie nicht als Einbruch in ihre private Welt. Sie freute sich sogar ganz vorsichtig. Das war neu für Klara. Jeder andere, der hier gewartet hätte, wäre abgewiesen worden. Sie kannte die beiden ja nicht. Trotzdem. Sie freute sich.

„Ich bin Mahmud, und das ist meine Frau Rayyan. Entschuldigen Sie, dass wir hier auf Sie gewartet haben, Frau Visante." Der Mann kannte Klara also. Er sprach fast akzentfrei Deutsch, wieso auch immer.

Mahmud erwähnte noch einen Schwager, Rayyans Bruder, der auch im Haus der Geflüchteten wohnte. Es seien vier Wohnungen in diesem alten Verwaltungsgebäude, und sie drei bewohnten eine davon.

„Sind Sie aus Syrien?"

Klara nahm an, dass die Fremden aus Syrien kamen. Sie wusste selbst nicht, wieso sie das annahm.

„Nein, aus Palästina."

„Palästina gibt es nicht."

„Nein, Palästina gibt es nicht. Noch nicht."

Warum er und seine Frau überhaupt gekommen waren? Mahmud lud Klara für die nächste Woche zu Kaffee und Aish el Saraya ein, einer Art von arabischem Tiramisu.

Da war kein Zögern, keine Furcht. Klara sagte gerne zu.

„Bis bald."
„Bis bald."
„Salem Aleikum."
Nicht aus Syrien?
Und wo war Palästina?

Nach einer Woche kam Ralph zurück. Er bereute sein Verhalten, wollte Alina unterstützen. Alina ließ ihn herein, blieb aber kühl und distanziert. Sie hatte sich schon aufs Alleinsein eingestellt und darauf, den Weg zu ihrer Tochter ohne Hilfe gehen zu müssen.

„Du kannst bleiben, Ralph, aber ich kann nicht dort weitermachen, wo wir vor deinem Abgang aufgehört haben. Nein. Wir können versuchen, miteinander auszukommen, zu einer Art Freundschaft zu finden. Mehr nicht. Im Moment nicht."

Ralph verstand. Er packte seine Sachen aus und blieb. Blieb bei Alina und wusste, dass er dadurch auch bei Dina blieb.

Am nächsten Tag beschlossen sie, ins Kino zu gehen. Sie dachten, das wäre eine entspannende Ablenkung von ihren Sorgen und Problemen.

Man spielte „Die Wand" im einzigen Kino Karbergs. Eine Ahnung, worum es ging, hatten sie beide nicht.

Klara hatte schon vor zwei Wochen gedacht, dass sie sich den Film „Die Wand" unbedingt anschauen wollte. Und da saß sie nun.

Alina und Ralph kamen etwas zu spät. Da lief aber ohnehin erst nur Werbung. Das Peinliche war, dass sie sich an den sitzenden Kinobesuchern vorbeidrängen mussten. Bauch an Bauch. Knie an Knie. Das war für die Leute nicht angenehm. Natürlich nicht.

Leider drängten sich kurz vor Beginn noch zwei Kinobesucher, ein Mann und eine Frau, an Klaras Knien vorbei. Sie hasste das. Sie selbst war immer pünktlich.

An einer Frau, die Alina kannte, mussten sie sich vorbeizwängen. Frau Visante aus der Buchhandlung. Mit „Entschuldigung, Entschuldigung" kamen sie bis zu ihren Sitzen.

Der Film begann.

Es war die Verfilmung eines Romans von Marlen Haushofer, aber Alina kannte weder Frau Haushofer, noch wusste sie etwas von der Handlung des Films. Sie kannte die Vorlage nicht, wusste also nicht, was auf sie zukam.

Klara kannte das Buch, die Vorlage für den Film. Sie wusste also, was auf sie zukam. Aber sie war neugierig, wie man diesen Roman filmisch umgesetzt hatte.

Alina gefiel der Film nicht. Er war für sie zu gekünstelt und lebensfern. Im ersten Teil des Films prallte ein rotes Auto gegen eine ganz und gar unsichtbare Wand. Die Knautschzone des Wagens drückte sich gewaltig zusammen, ohne dass eine sichtbare Mauer da gewesen wäre. Das Auto stand still. Völlig zerstört.

Die Szene, die Karla schon aus dem Buch kannte, zeigte schonungslos, wie das rote Auto gegen eine unsichtbare Wand fuhr. Danach kam der Wagen keinen Zentimeter mehr weiter. Kam nicht heraus aus der Welt hinter der Wand. Vielleicht befand sie, Klara, sich auch unter einer Glasglocke wie die Protagonistin des Films? Isoliert und doch zufrieden. Aber es wäre wohl besser, langsam und in Ruhe einen Ausweg zu suchen aus der Glocke. Ohne Zerstörung der eigenen Knautschzone.

Alina war beeindruckt von der Kunst der Filmemacher. Wie hatten sie das mit dem Auto gemacht? Auch sie, Alina, prallte gegen eine unsichtbare Wand, wenn sie versuchte, sich Dina zu nähern. Dina lebte wohl – wie die Protagonistin des Films – auch unter einer unsichtbaren Glasglocke. Und sie, Alina, kam von der anderen Seite der Wand. Sie kam von außen, nicht von innen, hatte bis jetzt vergeblich versucht, ins Innere von Dinas Glocke zu gelangen. Meist mit Gewalt. Sie musste wohl besser darauf achten, die Knautschzone zwischen sich und Dina nicht zu zerstören. Musste mehr achtgeben auf sich selbst. Und auch auf Dina.

Als der Hund der Hauptfigur getötet wurde, erschütterte das Klaras Zufriedenheit, obwohl sie den Handlungsablauf ja kannte. Trotz ihrer Betroffenheit empfand sie diese Stelle im Buch und im Film als ein wenig übertrieben. Es war doch immerhin nur ein Hund. Nur ein Hund?

„Es ist nur ein Film".

Zu diesem beruhigenden Gedanken flüchtete Klara.

Die einzige Szene, die Alina berührte und entsetzte, war der Tod des Hundes. Ein verwilderter Mann hatte ihn regelrecht massakriert. Es war furchtbar anzusehen. Alinas Entsetzen passte nicht zu ihrer Meinung, dass der Film gekünstelt und lebensfern wäre. Es war nur diese eine Szene, der gewaltsame Tod des Hundes, die sie so tief erschütterte, dass ihr schlecht wurde.

„Es ist ja nur ein Film", dachte sie.

Zu diesem beruhigenden Gedanken rettete Alina sich.

Ralph saß neben ihr, aß ständig Popcorn. Auch beim Tod des Hundes aß er Popcorn, bot Alina etwas davon an. Nein, danke. Sie mochte diese aufgepoppten Maiskörner nicht. Auch nicht beim Tod eines Hundes. Alles in allem war Alina nicht begeistert von diesem Film. Ralph offenbar auch nicht. Nach der Vorstellung antwortete er auf Alinas Frage, wie es ihm denn gefallen habe, nur „Na ja." Und dabei steckte er sich das letzte Popcorn in den Mund.

Auf dem Heimweg schwiegen sie. Alina würde wohl gleich wieder in die ihr wohlbekannte Sorge um Dina stürzen. Eine lähmende Sorge. Ein Gedanke blieb: Wie könnte sie, Alina, in Dinas Glasglocke gelangen, ohne alles kaputt zu machen?

Als der Film zu Ende war, dachte Klara, es sei gut gewesen, ihn anzusehen. Er hatte sie beeindruckt, ihr Respekt abgenötigt. Ein Gedanke blieb: Wie könnte sie ihre eigene Glasglocke verlassen, ohne dabei gegen eine Wand zu fahren?

Es war ein guter Abend gewesen.

Ja, ein sehr guter Abend.

Klara fragte sich, ob auch der Abend bei Mahmud und seiner Frau Rayyan auf einen guten Abend hinauslaufen würde. Nein, es würde ja ein Nachmittag werden, kein Abend. Mit Kaffee und Süßspeisen. Sie war skeptisch. War sie doch schon lange nicht irgendwo eingeladen gewesen, geschweige denn bei fremden Leuten.

In ein paar Tagen würde sie mehr wissen.

Heute Nachmittag war Klara bei Mahmud und Rayyan eingeladen. Sie war nervös. Diese Leute aus einem ganz und gar fremden Land zu besuchen, war ein Wagnis für Klara. Natürlich war es das. Es war ja noch nicht einmal klar, aus welchem Land Mahmud und seine Frau kamen. Skepsis und Vorsicht waren angebracht. Und Klara war sich nicht sicher, ob es eine gute Idee war, Kontakt zu diesen Fremden aufzunehmen. Die Neugier überwog. Sie wollte die Wand, das unsichtbare Glas um sich herum langsam durchdringen, ohne Scherben zu verursachen. Und sie wollte dabei behutsam vorgehen.

Was sie anziehen sollte, wusste Klara nicht so recht. Jeans und Bluse waren hoffentlich passend. Sie war keine Muslimin, ihr Haar blieb, mit Kämmen aufgesteckt, sichtbar.

Die Schokoladekugeln, die sie in der besten Konditorei der Stadt erstanden hatte, wurden behutsam in eine Schüssel gepackt, die Schüssel in ein Netz gestellt, die Haustür versperrt. Es waren nur vier Minuten Gehweg von ihrem Turm zum alten Verwaltungsgebäude.

Zu läuten brauchte sie nicht. Mahmud wartete schon auf sie.

„Kommen Sie, Frau Visante. Wir haben nicht viel Platz, aber es ist gemütlich bei uns, Sie werden sehen. Danke für die Schokolade."

Und das war es auch. Gemütlich.

Klara fühlte sich wohl in der buntglitzernden Behausung. Teppiche überall, auch an der Wand, Kerzen, angenehmes Licht, leise Musik. Klara schien in den Orient gelangt zu sein. Zumindest das Ambiente war aus 1001 Nacht. Es war etwas zu warm im Zimmer, fand Klara. Aber das war wohl der Gegend geschuldet, aus der ihre Gastgeber kamen. Auch Rayyans Bruder Nael begrüßte Klara. Ein sympathischer Mann.

Zwei Stunden blieb Klara in diesem Märchen. Ein goldenes Märchen mit Farben, die es nicht gab. Man redete über vieles, jedoch nicht über Politik. Es war eine unausgesprochene Übereinkunft. Weder Klara noch die Palästinenser wollten das. Palästinenser – so hatten sie sich doch genannt, nicht wahr. Also sprach man ein wenig über die Flucht aus dem Gazastreifen, über den langen Weg bis hierher nach Karberg. Aber man sprach vor allem über spezielle Speisen aus dem Nahen Osten. Klara kochte gern, es interessierte sie.

Es klopfte. Herein kam eine hochschwangere Frau, auch mit Kopftuch, wie Rayyan.

„Frau Visante, das ist Farah."

„Guten Tag, Farah."

Sie brachte Gemüsesalat, selbst gemischt. Drei Mal entschuldigte sich die Frau, dass sie gestört habe, aber sie habe Rayyan versprochen, diesen Salat zu bringen. Farah war eine Nachbarin von Mahmud. Sie wohnte im Zimmer nebenan, war auch geflüchtet, woher auch immer. Sie und Rayyan waren Freundinnen geworden.

Klaras Gastgeber wollten, dass sie noch bleibe. Sie wollten mit ihr den Salat verzehren, den die Nachbarin gebracht hatte. Aber das wollte Klara nicht. Es wäre zu viel an Nähe gewesen. Sie wollte nach Hause.

Nach herzlichem Abschiednehmen und dem ehrlich geäußerten Wunsch, sich wieder zu treffen, ging Klara den Weg zurück zu ihrem Turm. Es schien ihr wie das Verlassen einer fantastisch fremdartigen Welt.

In der Nacht sah sie immer wieder die bunten Teppiche, die hohen Kerzen, das Glitzern überall und die goldfarbenen Tassen, aus denen sie Tee getrunken hatten.

Es war ein guter Nachmittag gewesen.

Ja. Ein guter Nachmittag.

Das gemeinsame Leben von Ralph und Alina war anders geworden. Distanzierter, nicht mehr so verliebt. Manche Dinge gingen Alina auf die Nerven. Eine offene Zahnpastatube, Haare im Bad und so manch andere Kleinigkeiten. Wenn Ralph sich einmischte beim Umgang mit Dina, ärgerte sie das. Wenn er stumm blieb und nichts beitrug zum Auskommen mit ihrer Tochter, ärgerte Alina das auch. Vieles ärgerte sie. Manchmal stritten sie. Und sie schliefen kaum noch miteinander.

Heute war Alina schon gespannt darauf, ob Farah, die Muslimin auf der Geburtenstation, schon gebären würde. Die Ärzte hatten es vorausgesagt. Eine Drillingsgeburt. Das hatte es in Karberg noch nie gegeben. Und Alina hatte gebeten, dabei sein zu dürfen.

Zwei Stunden nach Alinas Arbeitsbeginn war es so weit. Eine Krankenpflegerin rief Alina an, um ihr das bevorstehende Ereignis zu melden. Ein „Spektakel" nannte die Anruferin es.

Die Geburt des ersten Kindes war etwas schwierig, aber es gab keinen Grund zur Aufregung. Farah schrie, aber sie bemühte sich, tapfer zu sein. Das Mädchen war gesund.

„Ich werde sie Rayyan nennen, wie meine Freundin", konnte sie gerade noch sagen. Dann rutschte schon das zweite Kind aus Farah heraus. Und gleich darauf das dritte. Zwei Buben. Eineiig. Alles in allem eine ziemlich einfache Geburt. Die Ärzte waren erleichtert. Auch Alina, die doch nur zugesehen hatte.

Das Spital versprach Farah Hilfe für die ersten Wochen. Die Gemeinde würde sie finanziell und mit einer kleinen Wohnung unterstützen. Und die neugeborene Mutter war zuversichtlich, dass sie ihr Leben mit den drei Kindern schaffen würde.

Mit einem Lächeln lief Alina zurück auf ihre Station. Für sie war jede Geburt ein Wunder, auch wenn sie nicht an Gott glaubte. Ralph hatte zwar immer gemeint, eine Geburt wäre eine logische Folge der Evolution. Aber was verstand Ralph schon?

„Eine Geburt ist ein klares Wunder. Dabei bleibe ich."

Sie dachte an die Geburt von Dina, die auch gut und ohne Komplikationen verlaufen war. Ja, Dina. Wie würde es weitergehen mit ihr?

Zunächst ging nichts weiter mit Dina. Alina warf ihr die Kahlköpfe vor, die Hakenkreuze, das Bierfass mit den grauenhaften Bildern von Schwarzen. Fast schrie sie. Unter Tränen warf sie ihrer Tochter vor, dass es in ihrer Clique – oder sollte sie Ortsgruppe sagen? – fürchterliche Äußerungen gab. Gegen Ausländer, Araber, Juden.

„Woher weißt du das?"

„Ich bin dir nachgegangen, Dina."

„Na großartig!"

„Wir sind doch selbst aus dem Ausland gekommen, Dina."

„Ja du, aber ich nicht. Mich hat niemand gefragt damals. Ich bin einfach mitgeschleppt worden. Außerdem sind wir aus Europa gekommen und nicht aus Afrika und Arabien. Sollen die doch bleiben, wo sie hergekommen sind. Und wenn sie verrecken oder sich gegenseitig die Schädel einschlagen – was kann ich dafür?"

Alina konnte ihre Wut und Enttäuschung nicht mehr zügeln. Sie schrie ihre Tochter an, was sie sich eigentlich vorstelle, wie sie miteinander weiter auskommen sollten. Dass sie, ihre Mutter, langsam genug habe von ihr. Wenn das so weiterginge, würde sie sie geradewegs hinauswerfen. Sie wolle sie nicht mehr sehen.

Ein Zornesausbruch ihrer Tochter folgte. Sie lief in ihr Zimmer, nicht ohne vorher die Tür zuzuknallen.

„Das war misslungen", sagte Alina zu sich selbst, nachdem sie sich beruhigt hatte.

Ralph war keine Hilfe. Während Alinas lautstarkem Zornesausbruch studierte er eine Fachzeitschrift über Rennautos. Alina glaubte eine Absicht dahinter. Ralph wollte ihr zeigen, dass er imstande war, sich nicht einzumischen.

Es vergingen Tage. Dina sprach kein Wort mit ihrer Mutter. Zur Schule ging sie. Immerhin.

Nach ein paar Tagen kam Dina wieder einmal für eine Nacht nicht nach Hause. Wo sie nachts gewesen war, wusste sie allein.

Alina dachte nach. Lange. So ging es nicht. Mit Vorwürfen ging es nicht. Still saß sie in der Küche und strengte ihren Kopf an. Welche Möglichkeiten blieben denn noch?

Sie beschloss eine neue Vorgangsweise. Ein letztes Mittel. Als sich Dina ein Glas Wasser aus der Küche holte, sprach Alina sie sehr beherrscht und ruhig an: „Du kannst weiter in dieser Wohnung wohnen, natürlich. Aber ich werde mit dir nur mehr Belangloses und Notwendiges reden. Du kochst dir selbst, du wäscht dir selbst deine Wäsche. Ich will nichts wissen von den Dingen, die du machst. Nichts wissen von deinen Freunden. Geh, wohin du willst. Du bist alt genug und verantwortlich für dein Leben. Ich bin es nicht mehr."

Dina hatte ruhig zugehört. Sie wirkte erstaunt und überrascht. Dann ging sie mit ihrem Wasserglas aus der Küche und schlug die Tür zu. Aber nicht, ohne vorher zu sagen:

„Ciao, Mama."

Alina horchte auf. Seit Monaten hatte ihre Tochter nicht „Mama" zu ihr gesagt.

Sie rief Dr. Winter an. Aus keinem bestimmten Grund. Möglich, dass sie wieder leben wollte.

Klara verbrachte viel Zeit in der Buchhandlung. Daheim war sie unruhig und unkonzentriert. Hier im Laden aber fühlte sie sich ausgeglichen und richtig am Platz.

An einem der nächsten Nachmittage betrat Mahmud die Buchhandlung. Er grüßte Klara flüchtig, so, als ob sie sich kaum kennen würden. Klara wunderte sich, grüßte genauso flüchtig zurück.

Nach ein paar Minuten des Umschauens ging Mahmud letztlich in die Abteilung für jüdische Geschichte und studierte die Buchtitel. Er blieb bewegungslos stehen und las: „Israel, die Hamas, der Dschihad", „Juden und Moslems – ein ewiger Konflikt", „Israel und Palästina".

Mahmud nahm das Buch über Palästina an sich, stellte es aber schnell wieder ins Regal zurück und verließ plötzlich und rasch den Buchladen, ohne zu grüßen.

Klara wusste nicht, was sie davon halten sollte. Sie hatte einen Termin für einen zweiten Besuch bei Mahmud vereinbart. Also maß sie seinem heutigen Verhalten nicht viel Bedeutung zu.

„Er wird seine Gründe haben. Vielleicht ist er es einfach nicht gewohnt, einen Laden wie den meinen aufzusuchen", dachte Klara.

Sie war schon gespannt auf das nächste Treffen, wollte wieder in den Orient eintauchen, auch mit Rayyan und Nael. Wollte zwischen all den Teppichen und Kerzen wieder etwas finden, was sie nicht gesucht hatte, das ihr aber gefiel. Vielleicht Wärme, vielleicht Nähe? Nein, so gefühlsgesteuert war sie normalerweise nicht. Sie würde die drei einfach ein zweites Mal besuchen und einen netten Nachmittag mit ihnen verbringen, basta.

„Nett", das war so ein Wort, das Klara nicht gerne verwendete. Es klang in Wahrheit nach: „Na ja, es war auszuhalten. Ich war froh, wieder weg zu sein". So einen „netten" Nachmittag wollte Klara nicht.

Am Dienstag würde sie wissen, in welcher Stimmung sie das alte Verwaltungsgebäude wieder verlassen würde.

Einfach abwarten.

Es war wieder so weit. Der Termin für einen zweiten Besuch Klaras bei Mahmud, Rayyan und Nael war heute.

Bevor sie die drei aufsuchte, traf sie sich schon am Nachmittag mit Hannes, ihrem alten Freund aus der Musikwelt. Sie saßen in einem Café am anderen Ende der Stadt, nicht im „Café Vienne". Hannes war auf einer mehrtägigen Tournee gewesen, er wirkte entspannt und zufrieden.

Nach anfänglichem und unverfänglichem Geplauder sagte Klara es gerade heraus. Dass sie mit ihm nicht mehr schlafen wolle, seine Freundschaft aber sehr schätze.

Einige Sekunden Stille. Dann begannen sie beide zu lachen.

„Ich wollte dir Ähnliches sagen, ganz Ähnliches!"

Es war die einfachste Sache der Welt. Sie beschlossen, diesen Teil ihrer Beziehung wegzulassen. Keiner von ihnen fragte, warum. Es war einfach besser so.

Eine große Tasse Kaffee und eine Marzipantorte krönten die Abmachung. Und wieder mussten sie lachen. Wie Schulkinder. Eine Last war von ihnen abgefallen.

„Servus, Hannes. Bis bald."

„Servus."

Klara machte sich auf den Weg zur Flüchtlingsunterkunft oberhalb ihres Turms. Sie war angespannt. Der Besuch Mahmuds in ihrem Buchladen vor ein paar Tagen war bemerkenswert gewesen, und Klara wusste nicht so recht, was sie davon halten sollte.

Die Begrüßung gelang herzlich wie beim ersten Mal, doch kaum saß Klara in dem geblümten Sofa, das fast den halben Raum füllte, sprach Mahmud sie direkt an:

„Verzeih mir mein Verhalten in deiner Buchhandlung."

Er duzte sie ganz einfach. Klara war es recht, obwohl sie das von sich aus noch nicht getan hätte.

„Wir sind aus dem Gazastreifen geflohen, aber das weißt du ja schon. Wir konnten dort nicht mehr sicher und friedlich leben. Nachts Angriffe von der israelischen Armee, tagsüber auch. Und dann wieder militante Aktionen des Dschihad. Wir beschlossen, wegzuziehen. Weg von den Minen, den kaputten Häusern, der Bedrohung durch den Siedlungsbau der Israelis. Wir wollten einfach weg."

Klara hörte zu. Ihre innere Anspannung blieb. Noch.

„Geld hatten wir genug. Ich war Leiter einer kleinen Speditionsfirma, Rayyan Lehrerin. Nael hat in einer Anwaltskanzlei gearbeitet."

Mahmud erzählte, dass sie seit einem Jahr hier festsaßen und auf den Asylbescheid warteten. Wie so oft. Warum er in der Buchhandlung gewesen war und sie so plötzlich wieder verlassen habe?

„Ich wollte all die Probleme und Bedrohungen in meiner Heimat vergessen, mich nicht mehr damit befassen. Und dann diese Bücher im Buchladen! Palästina und Israel. Der Gazastreifen und das Westjordanland. Alles war wieder hochgestiegen in mir. Mein Puls ging sehr rasch beim Anblick dieser Bücher. Also hab' ich die Flucht ergriffen. Raus aus diesem Laden, der mich an so vieles erinnert hat, das ich vergessen wollte. Verstehst du?"

Ja, Klara verstand. Natürlich. Aber sie wollte in diesem Märchenland, das sie hier im Verwaltungsgebäude betreten hatte, möglichst nichts von Politik hören. Ein gewisses Desinteresse an der Weltlage war ohnehin ihre Schwachseite. Also versuchte sie, Mahmud das zu erklären:

„Ich komme gern zu euch, ich genieße die persönliche Wärme und den Zauber hier bei euch, aber ich wäre froh, wenn wir die Politik ausklammern könnten, oder?"

„Kann man das? Die Politik ausklammern?"

„Ich hoffe es."

Im Verlauf des Nachmittags redeten sie über die Sonne, den Regen, den Sturm, der bald eintreffen würde, und über die Kunst des Teppichknüpfens. Klara war erstaunt darüber, dass sie den dreien auch vieles über sich erzählte. Über ihren italienischen Vater, über die Erbschaft, über Hannes und ihre veränderte Beziehung zu ihm. Klara redete viel, hatte aber den Eindruck, dass es auf Interesse stieß, was sie erzählte. Was sie sagte, wurde gehört, das war sehr angenehm. Sie sprach sogar über ihre Ängste, die sie manchmal befielen. Die Angst vor schwerer Krankheit, vor dem Tod vielleicht. Noch nie hatte sie über diese Dinge mit jemandem gesprochen. Noch nie.

Schließlich fand Klara es an der Zeit, Mahmud, Rayyan und Nael zu sich in den Turm einzuladen. Die Vorbehalte den drei Fremden gegenüber waren verschwunden. Sie waren einfach keine Fremden mehr.

Klaras Anspannung war verschwunden.

Man vereinbarte einen Termin, und Klara verabschiedete sich mit erwartungsvoller Fröhlichkeit. Irgendetwas in ihr war geschmolzen. Die drei neuen Freunde, die sie nun hatte, bewirkten, dass die eisige Mauer aus vorsichtiger Distanz, die sie zwischen sich und anderen oft aufgebaut hatte, abzusplittern begann. Wie ein schmelzender Eisblock fühlte Klara sich.

Beim Heimweg hüpfte sie wie ein Schulmädchen bis zu ihrem Turm, auch wenn ihr das in ihrem Alter schon ein wenig schwerfiel. Sie war wohl so etwas wie glücklich.

Alina war alles andere als glücklich. Das Verhältnis zu ihrer Tochter wurde zwar nicht schlechter, aber auch nicht besser, nicht entspannter. Verbittert musste sie zugeben, dass ihre eigene frühere Fröhlichkeit einer dauernden schalen Missstimmung gewichen war.

Ja, sie hatte wieder mit den Winters Kontakt aufgenommen, hatte ihnen nichts von ihren Sorgen erzählt. Wenigstens in einem Teil ihres Lebens wollte Alina ein wenig zufrieden sein. Es gelang ihr sehr schlecht. Mit Dr. Winter und seiner Frau war sie zu einem Jazzkonzert gefahren, das im Nachbarort stattgefunden hatte. Es hatte ihr gefallen, aber es begeisterte sie nicht. Weil sie nichts mehr begeisterte.

Sie war viel daheim, sprach nicht mit Dina, verließ den Raum, wenn ihre Tochter Wäsche wusch, bügelte oder kochte.

Es war ein fauler Friede eingekehrt zwischen Alina und Dina. Ein Friede, der dem auf einem Friedhof vergleichbar war. Alina nahm zur Ablenkung viele Überstunden auf sich. Es berührte sie kaum, wenn im Krankenhaus jemand starb oder auf der Palliativstation kämpfte. Die Kolleginnen sorgten sich um sie, aber Alina meinte immer nur:

„Ich will nicht darüber reden. Es ist alles so weit in Ordnung."

Dieses „so weit" war voller Traurigkeit.

Die Veränderung begann in dem Moment, in dem Dina mit brünettem Haar nach Hause kam. Sie hatte sich die schwarzen Haare auf ihre natürliche Haarfarbe zurückfärben lassen, ganz gegen die Gepflogenheiten ihrer Clique, in der Schwarz die alles bestimmende Farbe war.

Dina kam in die Wohnküche und ließ sich von ihrer Mutter begutachten.

„Ja sowas" war Alinas Kommentar zu der Veränderung.

„Zufrieden?", fragte Dina.

„Ja schon …"

Ab diesem Moment änderte sich, sehr schleppend, die Beziehung zwischen Alina und Dina. Ja, nur sehr schleppend. Und Alina kam es vor, als ob sie aus einem Alptraum ganz langsam aufwachen würde. Es ging nicht mit einem einzigen Ruck, es ging nur in Zeitlupe.

Das erste war ein flüchtiger Gruß, den Dina zum Abschied hinwarf, wenn sie die Wohnung verließ. Dann auch ein Gruß beim Heimkommen. Bald begann sie, früher nach Hause zu kommen als in den letzten Wochen. Und sie lernte in ihrem Zimmer Biologie und Geschichte. Schon für die Matura, sagte sie.

Mit Ralph kam Alina wieder gut aus. Einfach nur gut. Sie stritten kaum mehr, und die Art, wie er mit Dina umging, war genau richtig für das Mädchen. Er redete mit ihr wie mit einem Kumpel, diskutierte mit ihr über die Vorgänge in der Welt, er nahm sie ernst. Und er vertraute ihr.

Alina hätte das so nicht gekonnt. Sie hätte sich geärgert, gesträubt, Dina für voll zu nehmen, und sie hätte viel zu genau darauf geachtet, wann ihre Tochter ging und wann sie kam. Mit wem sie abends zusammen war, das wusste Alina ohnehin. Ralph fragte Dina nicht danach.

Alinas Freund – oder war er mittlerweile ihr Mann? – war ihr wieder zu einer Stütze geworden. Er hatte einen Weg zu Dina gefunden. Alina noch nicht. Man würde sehen.

Der Termin des Besuchs bei Klara in ihrem Turm rückte näher. Sie freute sich darauf. Und sie beschloss, Einheimisches zu kochen für die Gäste. Als Kontrast zu dem köstlichen Aish el Saraya vor einiger Zeit. Ein Schweinsbraten wäre wohl falsch gewesen, aber ein Topfenauflauf wäre als Nachspeise sicher geeignet. Für die Hauptspeise entschied sie sich für Gemüseragout auf indische Art. Sie hatte schon lange keinen Besuch gehabt, für den sie gekocht hatte. „Es wird wohl Hannes gewesen sein", dachte sie. Hannes war anspruchslos, was das Essen betraf. Kochen für ihn war einfach.

Heute aber war es Klara besonders wichtig, dass alles gelingen würde.

Wohlschmeckend und appetitlich anzusehen sollte es werden. Sie war aufgeregt.

Um 18 Uhr kamen ihre Gäste. Sie brachten Blumen, eine Bonboniere, sogar eine kleine blaue Vase.

Mahmud, Rayyan und Nael wünschten sich eine Art Wohnungsbesichtigung. Eine Führung durch die ungewöhnlichen Räumlichkeiten. Klara tat dies gern. Sie zeigte den dreien ihren Wohnkreis mit Fernseher, ihren Schlaf- und Badekreis und ihren Koch- und Esskreis. Sie nannte es Kreise, weil die Wände ja der äußeren Form des Turms folgten. Die Einrichtung ebenso.

Die Gäste waren beeindruckt. Wenngleich Klara nicht ganz klar wurde, ob sie die sehr moderne Möblierung schön fanden oder nicht. Sie waren sicher anderes gewöhnt.

Nach dem Essen, das großen Anklang fand, nahm man in der Sofalandschaft Platz und redete angeregt. Man redete, wie schon das letzte Mal, zunächst über das Wetter und den Vollmond. Dann aber erzählte Mahmud, dass er im letzten Jahr angeschossen worden war. Und er sprach auch offen über die Krankheit seiner Frau Rayyan. Wenn der Zustand ihrer Krebserkrankung weiterhin stabil bliebe, dann hätte sie aber gute Chancen auf Genesung.

Klara hörte zu. Sie interessierte sich plötzlich für Menschen, erzählte ihrerseits von ihren verstorbenen Eltern, von einer verflossenen Liebe, von ihren Problemen in der Pubertät.

„Was ist das, Pubertät?", wollte Nael wissen.

„Ein ganz und gar verrückter Zustand, glaub mir. Du hast das auch gehabt, Nael."

Klara und ihre Freunde unterhielten sich schließlich auch über den Gekreuzigten etwas oberhalb der Flüchtlingsunterkunft. Heute konnten sie darüber lachen, Klara und Mahmud. Was war denn schon dabei, einem langweiligen hölzernen Jesus zu Farbe zu verhelfen?

Nach einer Stunde etwa begann Klara, ein anderes Thema anzuschneiden:

„Was habt ihr denn daheim gearbeitet?"

Mahmud sprach von seiner Arbeit in einer kleinen Speditionsfirma. Eine Arbeit, die er hier in Karberg auch ausüben konnte. Natürlich bei einem anderen Fuhrwerksunternehmen. Er war froh über diese Möglichkeit, Geld zu verdienen. Mahmud sprach gut Deutsch, denn er hatte vor einiger Zeit zwei Jahre in Deutschland gearbeitet. Rayyan hatte es schwerer. Sie war Lehrerin gewesen, aber wer wollte hier eine arabisch sprechende Lehrperson? Sie konnte deutsch, ja, aber man hörte ihren Akzent deutlich. Auch Nael beherrschte die deutsche Sprache. Ein wenig. Sehr wenig. Und was fing man hier schon mit einem Mitarbeiter einer arabischen Rechtsanwaltskanzlei an? Recht müsste zwar überall Recht bleiben, aber so rosig war die Welt nicht.

Das alles passte nicht. Mahmud war der Einzige, der gutes Geld verdiente, Gott oder Allah sei Dank.

Klara hatte plötzlich das seltsame Gefühl, dass ihre Möbel, ihre Einrichtung nicht zu dem Hauch von Orient passten, der mit ihren drei neuen Freunden hereingeweht war. Trotz der politischen Probleme und der Kriege, trotz des verwirrenden Flüchtlingsstatus sah Klara immer wieder die Weite Arabiens in Mahmud und den anderen. Damaskus, Bagdad, Beirut, das waren Teile von Märchen, Wege nach Fantasien.

Klara wollte ihre Möbel, ihre nüchternen, strengen Möbel passend machen für dieses Land Fantasien. Sie sollten glitzern und funkeln. Brokat und Samt in tiefem Rot sollten leuchten in Klaras Behausung. Sie schaffte es. Ihre Fantasie schaffte es. Die Fenster wurden plötzlich zu Schlupflöchern ins Paradies, der Schreibtisch begann zu schillern, die Sofas, auf denen sie saßen, wurden zu weichen, goldenen Wolken, in denen Sterne hausten. Sterne und Engel vielleicht. Klara versank in dieser Fantasie. Mahmud musste sie laut mit ihrem Namen ansprechen. Sie erwachte aus ihren Träumen. Schade.

Man trank Pfefferminztee, lachte und erzählte sich Anekdoten. Vor allem das Lachen war ein Wunder für Klara. Sie hatte schon lange nicht so ungehemmt gelacht. Und sie vergaß völlig auf die Frage, die sie stellen hatte wollen:

„Wieso habt ihr Kontakt zu mir gesucht?"

Nein, diese Frage stellte sie nicht.

Als ihre Gäste spätabends nach Hause gingen, schwebte Klara durch ihre Wohnung. Sie war leicht wie ein Kleid aus Organza, eine Stola aus Sternenstaub.

Ihre Gedanken sammelten sich nicht wie sonst in der Mitte ihres Kopfes. Sie schwirrten durch die Schädeldecke, flogen wie Spatzen planlos und ziellos umher, ließen sich vom Wind tragen. Sie flogen in keiner Formation, sie bewegten sich ohne Gebundenheit. Klaras Gedanken waren frei, wie in diesem Volkslied, das sie noch in der Schule gelernt hatte.

Klara war froh zu leben. Unendlich froh.

In dieser Nacht schlief sie traum- und schwerelos.

49

Alina wurde zuversichtlicher. Sie spürte, dass Dina sich ihr wieder näherte. Dina, ihr kleines Mädchen. Oft sah sie Bilder aus der Vergangenheit, gute Bilder. Auf dem Weg zum Krankenhaus, wo manchmal die zwei Mädchen am Zaun kicherten und ihr zuwinkten, da erinnerte Alina sich an ihre Dina, als sie noch ein Kind war. In ihrem Kindergarten hatte es einen ähnlichen Zaun gegeben, und Dinas Freundin hatte genauso gekichert wie die Mädchen hier in Karberg.

Alina traute dem Frieden zwischen ihr und ihrer Tochter noch nicht so ganz. Sie war zufrieden mit der Entwicklung, aber sie war vorsichtig.

Einmal gingen sie ins Kino, Alina und Dina. Sie zeigten einen Film über den ausgewanderten Dichter Stefan Zweig. Alina kannte diesen Schriftsteller nicht, aber Dina. Sie klärte ihre Mutter auf:

„Das war ein berühmter Schriftsteller, Mama. In der Schule haben wir ein Buch von ihm gelesen. Kein Wunder, dass er auswandern musste. Er war Jude."

Alina erschrak.

„Und? Wie hat dir der Film gefallen, Dina?"

„Sehr gut, Mama. Erschütternd."

„Und was sagen da deine Freunde, wenn dir ein Film gefällt, in dem ein Jude der Mittelpunkt ist?"

„Ach, die haben doch keine Ahnung. Wirklich keine Ahnung."

Alina freute sich ungemein, ohne es zu zeigen.

Sie gingen auch spazieren. Mutter und Tochter. Als sie eines Nachmittags hinaufgingen zum Turm, der zur Burg gehörte, vorbei an dem hölzernen Gekreuzigten, da verriet Alina nicht, dass Ralph und sie Jesus Christus vor einiger Zeit geputzt und gereinigt hatten. Das behielt sie lieber für sich.

Sie redeten beim Spazierengehen auch über Dinas bevorstehende Matura. Vor ein paar Wochen war das noch allein Dinas Angelegenheit gewesen, aber jetzt sprach sie mit ihrer Mutter über Latein, über Biologie.

Alina war stolz, so ein gescheites Kind zu haben.

Bevor sie zu Bett ging, lief sie noch ein wenig in der kühlen Abendluft. Ihre Gedanken waren sprunghaft, aber sie erwuchsen aus einer beruhi-

genden Gewissheit. Der Gewissheit, dass Dina ausgestiegen war aus der Hitlergruß-Clique. Das machte Alina fröhlich und leicht. Ihre Gedanken sammelten sich nicht wie sonst in der Mitte ihres Kopfes. Sie schwirrten durch die Schädeldecke, flogen wie muntere Spatzen planlos und ziellos umher, ließen sich vom Wind tragen. Sie flogen in keiner Formation, sie bewegten sich ohne Gebundenheit. Alinas Gedanken waren frei, wie in diesem Volkslied, das sie Dina − noch in Chirkow − vorgesungen hatte. Damals, als ihre Tochter klein gewesen war. Natürlich auf Ukrainisch. Aber auch in dieser Sprache gab es das Lied über die freien Gedanken.

Alina war dankbar für ihr Leben. Sie war froh, mit ihrer Dina, die offenbar zu ihr und der Welt zurückgefunden hatte, in einem freien Land zu leben. Unendlich froh.

Sie schlief traum- und schwerelos in dieser Nacht.

50

Klara wachte früh auf. Die Sonne schien in ihren Schlafkreis. Sie blinzelte dieser maßlos feurigen Lebensspenderin, diesem heißen Stern namens Sonne entgegen und hatte keine Lust mehr, im Bett zu bleiben. Da sie heute in der Buchhandlung nicht dringend gebraucht wurde, beschloss sie, erst am Nachmittag aufzubrechen. Bis dahin hatte sie vor, das letzte „Endsatzspiel" vorzubereiten. Ja, das letzte. Es war nicht mehr nötig, dieses Spiel zu spielen. Sie hatte anderes vor, hatte doch so viele Notizen in der Schublade ihres Schreibtischs. Daraus etwas zu machen, das wollte sie jetzt. Endlich. Aber ein Mal noch. Ein Mal noch einen Text ausdenken, auf den der letzte Satz eines Buches passte. Klara wollte sich diesmal etwas mehr als den letzten Satz vorgeben. Der letzte Satz aus Laura Freudenthalers Werk „Die Königin schweigt" wäre doch sehr kurz gewesen: „Sie atmete". Das war etwas wenig. Sie brauchte mehr Text, um ihre Fantasie daran anzulehnen. Und ganz ohne Text ging es einfach nicht. Noch nicht.

Sie verwendete zwei Sätze, ausnahmsweise zwei Sätze:

„Sie hatte sich zurückgelehnt und schaute zum Fenster, durch das die Nachtluft hereinkam. Sie atmete."

Klara wollte sich die Vorgeschichte zu diesen zwei Sätzen erst nach ihrem Heimkommen von der Buchhandlung ausdenken.

Jetzt war es zwei Uhr. Sie verließ ihren Turm, um zur Arbeit zu gehen. Gekleidet mit Leinenhose und heller Bluse, geeignet für das milde Frühlingswetter, das sie draußen erwartete.

Wie meistens ging sie zu Fuß. Mehr als 20 Minuten würde sie nicht für den Weg brauchen. Luftige 20 Minuten. Vorbei an der Lebenshilfe, dem Röntgeninstitut, der Feuerwehr, dem Kindergarten.

Beim Lebenshilfehaus ging sie schneller. Sie wollte keinem sogenannten ‚Behinderten‘ begegnen, warum auch immer. Wahrscheinlich war es Angst. Angst, nicht richtig reagieren zu können, wenn einer der Zöglinge vor ihr auftauchte und sie womöglich ansprach. Diese gutmütigen, immer freundlichen Leute, die hier in der Lebenshilfewerkstatt daheim waren, machten ihr immer noch Angst. Sie schämte sich dafür.

Das Röntgeninstitut hatte seine Wirkung auf Klara schön langsam verloren. Sie hatte keinen Brustkrebs, nein. Und sie würde auch nicht mehr daran erkranken.

Die Feuerwehr hielt gerade eine Übung ab. Klara erschrak zunächst. Da lagen Verletzte, sogar Leichen auf dem Boden. Klara merkte schnell, dass es kein realer Tod war, den sie da sah. Nein, kein realer Tod. Nur gespielter Tod. Zur Übung.

Beim Kindergarten warteten die beiden Mädchen. Es schien, als ob sie nicht auf sie, Klara, warteten, sondern auf jemand anderen. Trotzdem grüßte Klara die beiden mit unerwarteter Freundlichkeit. Sie winkte ihnen zu. Sie lachte. Die Mädchen sahen einander verwundert an, grüßten aber vorsichtig zurück.

„Na gut, sie war heute anders als sonst. Wieso aber?", dachten sie.

Im Buchladen arbeiteten ihre Mitarbeiterinnen, sortierten Bücher, klebten Preisetiketten. Aber auch andere waren da. Professor Helm, der Spezialist für Judaistik, ein unvorhergesehener Besuch. Er sah sich Bücher an. Klara war überrascht, freute sich darüber, dass er da war. Es war ihr nicht klar, ob er wegen der Bücher gekommen war oder ihretwegen. Die Begrüßung war dementsprechend ein Gemisch aus Freude und Unsicherheit.

„Sie sind wiedergekommen, Herr Helm? Das ist fein."

„Ich bin vielleicht nicht nur wegen der Bücher hier, Frau Visante", und dazu lächelte er charmant.

Es gab heute aber auch noch weitere Besucher. Eine der beiden Pensionistinnen war in einen Ratgebertext über Lebensfreude vertieft. Das Mädchen mit dem Pharao im Gepäck saß auf dem Sofa in der Leseecke. Dann war da noch ein Paar mittleren Alters, das Klara nicht kannte. Oder doch? Der Frau war sie schon begegnet, und Klara wusste auch, wo. Sie war damals, als in der Buchhandlung das Interview abgewickelt wurde, aus dem Laden hinausgestürmt und hätte Klara fast umgestoßen. Später einmal war Klara in der Warteschlange des Supermarkts auf sie aufmerksam geworden. Sie hatte schlecht ausgesehen damals. Heute sah sie ausgeglichener aus. Jedenfalls schmökerten die beiden in vielen Büchern.

Die Mitarbeiterinnen, die Etiketten geklebt hatten, fuhren jetzt, wo Klara da war, in die Stadt, um Bücher von der Post abzuholen.

Fünf Personen waren also im Laden.

Und Klara.

51

Plötzlich geschieht etwas.

Die Tür wird aufgestoßen, drei schwarz vermummte Gestalten stürmen herein. Sie schreien „Allahu akbar!", immer wieder. „Allahu akbar! Allahu akbar!" Klara erstarrt zunächst und glaubt, in einen Traum geraten zu sein. Einen Traum, den sie selbst träumt, oder den jemand anderer träumt.

Die drei Männer sehen sich kurz um, stellen sich geradewegs in die Mitte des großen Raums. Einer zieht ein Messer aus seiner Tasche. Für Sekunden ist alles ruhig. Stille. Wie eine Fotografie, denkt Klara. Sie ist in ein Foto geraten. Die Zeit bleibt stehen. Wie auf jedem Foto.

Klara findet schnell aus dieser unbewegten Szenerie heraus, greift vorsichtig und langsam nach ihrem Handy, in der Hoffnung, dass keiner der Angreifer das merkt und sie die Polizei rufen kann. Es verlässt sie aber der Mut, sie zieht die Hand wieder zurück. In Zeitlupe. Dennoch wird das bemerkt. Von dem Mann, der Klara am nächsten steht und der das Messer gezückt bereithält. Er stürzt sich auf Klara, verletzt sie aber nicht, will ihr das Handy wegnehmen. Klara aber greift dem Angreifer ins Gesicht. Reißt ihm die schwarze Maske herunter und erschrickt.

Klara ist sich sicher, dass er es ist.

„Mahmud!"

In seinen Augen liest sie Hass und Schuld, aber auch die Bitte um Verzeihung. Sie liest Gewalt, Trauer, Entschlossenheit.

„Warum?" fragt sie sich, und

„Warum?", fragt sie Mahmud voller Entsetzen. Er hat es gehört. Schreit ihr ins Ohr:

„Sie haben uns unser Land gestohlen!"

Dann wendet er sich von Klara ab. Sie aber fragt sich: Wer ist ‚sie'? Wer ist ‚uns'? Welches Land? Sie weiß es, aber will es nicht wissen. Gelähmt fühlt sie sich. Am ganzen Körper gelähmt. Mahmud also.

Warum ausgerechnet Mahmud?

Mahmud hat Klaras Handy eingesteckt, verlangt auch von den Besuchern der Buchhandlung die Mobiltelefone. Sie müssen sich alle auf den Boden setzen, weit voneinander entfernt. Jeder muss einzeln sitzen, verstreut auf dem Boden. Schweigen müssen sie. Und warten. Nur warten.

Klara sieht sich gezwungen, zu dieser absurden Situation Abstand zu gewinnen. Ansonsten würde sie losschreien. Oder gar loslachen?

In den nächsten Sekunden läuft die Zeit ganz langsam ab. Klara sieht jedem der Ladenbesucher ins Gesicht. Sie steigt aus der Fotografie aus, in die sie geraten ist. Steigt aus aus einem Kriminalfilm, der stecken bleibt, der immer das gleiche Bild zeigt. Sie betrachtet die Anwesenden wie aus der Ferne. Sieht zu, was geschieht und auch, was nicht geschieht.

Das Paar mittleren Alters versucht, sich mit den Händen zu berühren, wollen verbunden sein, sich gegenseitig Mut machen. Sie streiten sicher oft. Oder lieben sie sich? Vielleicht sind sie gar kein Paar. Aber ja, sie sind ein Paar.

Prof. Helm hält ein Buch schützend vor sein Gesicht. Wie einen Schild im Kampf hält er es.

Frau Schowitz, die alte Pensionistin, sitzt ungelenk am Boden. Bewegungslos ist sie. Und allein, ohne ihre Begleiterin. Das ist schlecht für Frau Schowitz, gut für ihre Partnerin. Klara fragt sich zum ersten Mal, ob die beiden Schwestern sind. Oder Freundinnen. Oder Lesben. Was ist mit der anderen? Lebt sie noch?

Und noch etwas denkt Klara: Warum hat Mahmud ausgerechnet dieses kleine unbedeutende Karberg für seinen Überfall ausgewählt. Ein Überfall, dessen Zweck ihr noch unklar ist. Er hat einen Ort ausgesucht, wo niemand hinschaut. Die Großstadt wäre ergiebiger gewesen.

Noch jemand ist im Raum, beobachtet von Klara. Das Mädchen mit dem Pharao. Sie sitzt neben dem Telefon. Dem Festnetztelefon. Und sie sieht abwechselnd zu den drei Männern und zu diesem Telefon. Angst scheint sie keine zu haben. Womöglich hat sie etwas vor.

Die Attentäter interessiert nur eines: Sie gehen geradewegs zur Abteilung „Jüdische Kultur", Mahmud noch immer mit dem Messer in seiner Rechten. Und jetzt geschieht Beängstigendes, Unerwartetes. Die Angreifer haben Benzin mitgebracht, reißen alle Bücher über Juden und Israel aus den Regalen. Alle. „Israel, die Hamas, der Dschihad", „Juden und Moslems – der ewige Konflikt", „Israel und Palästina". Die Bücher landen allesamt auf dem Boden, und unter dem Skandieren von

„Es war unser Land. Jetzt besetzt es Israel!"

beginnen sie, den Bücherhaufen anzuzünden.

„Es war unser Land. Jetzt besetzt es Israel!", „Es war unser Land. Jetzt besetzt es Israel!"

Und dazwischen rufen die Eindringlinge laut:

„Allahu akbar."

Klara denkt jetzt nur an den Feuermelder an der Decke. Er wird sicher funktionieren, und die Polizei wird kommen. Sicher.

Das Mädchen Maria wagt einen mutigen Schritt. Sie greift nach dem Hörer des Festnetztelefons, will die Polizei verständigen. Aber das war zu mutig. Einer der Männer springt zu ihr. Nicht Mahmud. Auch dieser Mann hat plötzlich ein Messer in der Hand und verletzt Maria am Oberarm. Es scheint nicht schlimm zu sein. Der Mann hat wohl Respekt vor dem Kind. Ein Kind soll nicht ernsthaft Schaden nehmen. Trotzdem erleidet Maria einen Schock. Sie lässt sich in das Sofa fallen, auf dem sie vor dem Überfall gesessen ist. Dort bleibt sie erstarrt sitzen, blutet kaum, kämpft aber mit ihrem Atem. Das Feuer beginnt, stärker zu werden. Die Angreifer öffnen das Fenster neben dem Sofa und achten darauf, dass nicht mehr geschieht als sie wollen. Sie wollen nur die Literatur aus der jüdischen Abteilung vernichten, sonst nichts. Bücher verbrennen, das kennt Klara aus einer anderen Zeit. Bücherverbrennen ist die Vorstufe zum Menschenverbrennen, das weiß sie.

Die Polizei kam mit Blaulicht. Er hatte funktioniert, der Feuermelder. Der Brand war rasch gelöscht, die Flammen erstickt.

Die vermummten Männer waren schnell überwältigt und standen nun in Handschellen da. Gleich danach wurden sie abgeführt. Klara tat Mahmud plötzlich leid, doch sofort verbat sie sich dieses Gefühl. Sie spürte nur mehr eines: Enttäuschung, abgrundtiefe Enttäuschung. Ihr ganzer Körper spürte das.

Das Pharaonenmädchen saß immer noch auf dem Sofa. Sie war blass und kämpfte mit der Luft. Klara ging zu ihr, um sie zu beruhigen. Das gelang einigermaßen. Marias Atem aber ging noch immer stockend.

Die Polizisten wollten den Ablauf des Geschehens genau wissen. Von jedem Einzelnen. Das dauerte lang.

Inzwischen war die Nacht hereingebrochen. Es war dunkel geworden.

Noch einmal sah Klara nach dem Pharaonenmädchen, dem die Polizei versprochen hatte, es heimzufahren. Ihre Eltern waren an diesem Abend nicht zu Hause, das wusste Maria.

Maria war ruhig geworden. Sie hatte sich zurückgelehnt und schaute zum Fenster, durch das die Nachtluft hereinkam. Sie atmete. Atmete regelmäßig und tief.

Als Klara daheim angelangt war, fühlte sie sich niedergeschlagen, erschöpft und leer. Diese Leere musste sie, wollte sie füllen. Und damit heute noch beginnen. Trotz oder gerade wegen der traurigen Ereignisse der letzten Stunden. Sie wurde wacher, die Erschöpfung verschwand. Klara hatte nur eines im Sinn. Sie wollte schreiben. Die Wirklichkeit hatte heute Nacht zugeschlagen. Heftig und ohne Vorwarnung. Und genau diese Wirklichkeit wollte sie verlassen. Durch Schreiben. Texte erfinden wollte sie. Fabulieren. Die Wirklichkeit abdrängen, sie besiegen. Vielleicht wollte sie sich mit aller Kraft wegreißen von den Ereignissen der letzten Stunden. Sich mit ganz anderem beschäftigen. Nicht haftenbleiben an der Enttäuschung, an der Aufregung, die sie erlebt hatte. Einfach die dramatische Wirklichkeit niederschlagen.

Sie hatte doch schon so viele Notizen für ein Buch in der Lade. Auf diese schon geschriebenen Seiten würde sie zurückgreifen können. Ja, das wollte sie. Sie ordnete jetzt, in dieser endlosen Nacht, die Notizen für ihr noch ungeschriebenes Buch. Wollte schauen, ob daraus ein Roman entstehen konnte. Klara war allein mit diesem Buch, das noch zu schreiben war. Allein mit dem noch brachliegenden Schreiben. Wo sollte sie beginnen?

Ihre Protagonistin hieß Alina. Das hatte sie schon vor längerem entschieden. Der Zettel in der Lade, der ganz unten lag, war jener, der den Anfang machen sollte:

Alina war anders als ihre Kolleginnen im Krankenhaus. Sie klagte nie über die Arbeit, fluchte aber mitunter leise.

Das war ein guter Beginn.

Dann folgte vielleicht:

Bei einem gemeinsamen Spaziergang in der Mittagspause entdeckten Alina und ihr Freund Ralph einen bemalten Gottessohn.

Klara hatte schon vor einiger Zeit, nach dem Verfassen der einzelnen bruchstückhaften Texte, überlegt, ob die Notizen für ein Buch geeignet wären. Diejenigen Zettel, die sie nicht hatte brauchen können, die nicht passten, die hatte sie schon gleich nach dem Schreiben weggeworfen.

Wie könnte es weitergehen mit ihrer Hauptfigur?

Wenn Alina ins Krankenhaus zur Arbeit fuhr, wählte sie immer den gleichen Weg.

Sie war wohl Ärztin. Oder Krankenpflegerin.

So fügte sich Stück für Stück zusammen. Weiter hinten in ihrem Buch könnte die Notiz über Alinas Tochter eingefügt werden. Eine Notiz, die in Klaras Papierstoß eher weiter oben lag:

Alina war alles andere als glücklich. Das Verhältnis zu ihrer Tochter wurde zwar nicht schlechter, aber auch nicht besser, nicht entspannter.

Ein Roman würde entstehen. Klara war sich sicher.

Das Geschehen von heute konnte sie nicht einfach wegschieben. Es musste wohl in ihr begonnenes Manuskript einfließen. Aber nicht als reale Geschichte mit drei palästinensischen Angreifern. Nicht als Nacherzählung. Die Wirklichkeit wollte sie der Wirklichkeit überlassen. Klara wollte die realen Ereignisse in ihrem Text verändern, neu modellieren, etwas anderes daraus machen. Nur aus ihrer Erinnerung abzuschreiben, was sie heute erlebt hatte, genügte nicht. Es sollte kein Tagebuch werden, nein.

Sie ordnete ihre Notizen mit Sorgfalt. Begann zu schreiben.

Draußen war Tag geworden. Klara wurde endlich müde. Sie dachte noch lange über die Enttäuschung nach, die ihr Mahmud zugefügt hatte, dann schlief sie ein. Ihr Entschluss zu schreiben begleitete ihre Träume.

Am nächsten Tag kümmerte sich Klara um den Brandschaden. Ihre Mitarbeiterinnen hatten schnell Handwerker und Gerichtssachverständige benachrichtigt. Am Nachmittag begannen sie mit der Arbeit.

Klaras Anwesenheit war nicht nötig. Sie konnte sich auf ihre Kolleginnen verlassen. Also fuhr sie nach Hause. Nach Hause, um weiterzuschreiben.

Alina stand mit Ralph im gut sortierten und über Karberg hinaus bekannten Buchladen von Klara Visante. Sie hatte noch nie persönlichen Kontakt mit Frau Visante gehabt, aber ihr Name war Alina ein Begriff. Sie wollte endlich das Kinderbuch für ihren kleinen Neffen kaufen, das sie ihm versprochen hatte. Und den Bildband über Island für Dr. Winter. Ralph half ihr halbherzig beim Suchen. Er war kein Mann fürs Büchersuchen und langweilte sich ein wenig.

Plötzlich geschieht etwas.

Die Tür wird aufgestoßen, drei Männer mit Wolfsmasken stürmen herein. Sie schreien zunächst so etwas wie

„Juda verrecke!", unkoordiniert und hysterisch.

Die drei Gestalten sehen sich kurz um, stellen sich geradewegs in die Mitte des großen Raums. Einer zieht eine Pistole. Für Sekunden ist alles ruhig. Stille.

Alina fängt sich schnell. Sie will vorsichtig ihr Handy aus ihrer Tasche ziehen. Hofft, dass die Maskierten die Bewegung ihrer Finger nicht bemerken.

Natürlich bemerkt einer der Angreifer das. Er schlägt Alina das Handy aus der Hand, sammelt danach sämtliche Mobiltelefone der Anwesenden ein.

Alina hört die zwei Mitarbeiterinnen von Frau Visante im Lagerraum nebenan aufgeregt flüstern.

„Sie laufen sicher davon. Wir sind allein", denkt Alina.

Die Handys der zwei Frauen im Lagerraum liegen bei der Kasse im Verkaufsraum. Also sind die fünf Eingeschlossenen wirklich allein. Alina mit ihrem Freund Ralph, die Pensionistin, Prof. Helm und das Mädchen mit dem Pharaobuch.

Die drei Maskierten gehen jetzt geradewegs zur Abteilung „Jüdische Kultur". Sie wissen genau, wohin sie wollen. Der eine hält noch immer die Pistole schussbereit. Und jetzt geschieht Unerwartetes. Die Angreifer reißen alle Bücher über Juden und Israel aus den Regalen. Alle.

„Israel, die Hamas, der Dschihad", „Juden und Moslems – der ewige Konflikt", „Israel und Palästina". Die Bücher landen allesamt auf dem Boden, und unter dem Skandieren von:

„Araber und Juden raus! Raus aus unsrer Heimat!" beginnen sie, die Seiten jedes einzelnen Buches herauszureißen und zu zerfetzen. Ein Haufen bedruckter Blätter sammelt sich im Raum, durcheinander und chaotisch. Wie als Begleitgeräusch in einem Film rufen die drei immer wieder:

„Araber und Juden raus! Raus aus unsrer Heimat!" „Araber und Juden raus! Raus aus unsrer Heimat!" Dabei sind sie sogar so dreist, auf den Papierhaufen zu urinieren.

Der Maskierte mit der Pistole zielt kreischend und laut lachend hintereinander, wie in einem Computerspiel, auf alle im Raum, zuletzt auf Alina, weil sie ein zweites Handy aus ihrer Tasche ziehen will. Das macht den Mann zornig, wütend, unberechenbar.

Er schreit:

„Judenhure! Du hast ausgelebt!"

Der Mann entsichert seine Waffe und zielt genau. Schießt noch nicht.

Da wirft sich unerwartet einer der anderen zwei Maskierten zwischen Alina und den Mann mit der Pistole. Der Schuss geht los, der Maskierte, der sich vor Alina geworfen hat, wird an ihrer Stelle getroffen, stürzt zu Boden.

Alina beugt sich zu ihm hinunter und reißt ihm die Maske vom Gesicht. Nein. Das ist unmöglich. Nein.

„Dina!"

„Dina!"

Dina liegt in den Armen ihrer Mutter und schaut sie verwundert an. Sie scheint nicht zu begreifen, was geschehen ist. Prof. Helm und die anderen merken die plötzliche Nervosität der Attentäter, aber noch geschieht nichts. Dina gibt keinen Laut von sich, starrt nur ihre Mutter an.

Da getraut sich das Pharaonenmädchen Maria, laut und bestimmt eine Frage zu stellen. Eine Frage an den, der geschossen hat:

„Das Mädchen ist verletzt, das sehen Sie doch. Dürfen wir wenigstens die Rettung rufen?"

Der Angreifer nickt, sagt nichts. Maria wählt die Nummer.

In diesem Moment gibt der, der geschossen hat, dem anderen ein Zeichen. Ein Zeichen, das nach einer Aufforderung zur Flucht aussieht.

Und schon rennen die beiden weg. Rennen weit weg. Niemand folgt ihnen. Die Verbrecher sind nicht mehr zu fassen. Unfassbar sind sie, wie das Geschehen im Buchladen.

Dina ist in die Brust geschossen worden. Sie ist schwer verletzt. In jenen paar Minuten, in denen alle auf das Eintreffen des Notarztes warten, betten sie Dina auf das Sofa, das immer im Laden steht. Die Verletzte stöhnt nicht, schreit nicht, ist völlig apathisch. Alina, die trotz des Schocks völlig unerwarteterweise gefasst und vernünftig reagiert, fast kalt, öffnet das Fenster.

Dina hat sich zurückgelehnt und schaut zum Fenster, durch das die Nachtluft hereinkommt. Sie atmet.

Alina fährt mit dem Rettungsauto mit, in das man ihre Tochter Dina geschoben hat. Sie wartet auf ein Wunder.

Klara hatte drei Stunden lang geschrieben. Sie war zufrieden. Die Romanfigur der Alina wurde ihr sympathisch. Klara mochte sie, vielleicht weil sie stark war. Stärker als sie selbst. Entschlossener. Fast spürte Klara Neid, musste und wollte aber weiterschreiben. Neid auf eine Figur aus einem Roman, das war doch nicht möglich, oder?

Lange Tage verbrachte Alina im Krankenhaus. Die Zeit verging schleppend. Es verging eine Woche. Eine lange Woche.

Die Täter wurden nicht gefasst.

Nach Dinas Tod ging Alina auf der Fahrstraße durch den Wald hinauf zu Jesus Christus. Der Erlöser hing unbewegt da, aus Holz, wie immer. Alina ging hin zu ihm, stieg auf die kleine alte Bank und ohrfeigte ihn. Ein Mal, zwei Mal. Dann sah sie seine Augen, die hölzernen, bemalten Augen. Er litt unsäglich, das sah Alina.

„Ob er wirklich die Leiden von uns nimmt?", fragte sich Alina.

Und sie schlug ihm nochmals mitten ins Gesicht.

Auf dem Heimweg rief sie Dr. Winter an. Sie hatte ihn schon lange nicht gesehen.

„Ich hab' Jesus Christus geohrfeigt, Herr Winter."

„Er wird es verdient haben."

Eine Pause entstand. Alina legte nicht auf.

„Willst du, dass wir uns treffen, Alina? Oder willst du allein sein?"

Er duzte sie.

„Ich will allein sein."

Alina nahm sich frei. Für mindestens drei Wochen wollte sie sich nur zurückziehen und niemanden sehen. Mit Ralph machte sie Schluss. Er erinnerte sie zu sehr an Dina, mit der er sich manchmal verstanden hatte, manchmal nicht. Der Abschied war tränenreich, traurig, aber in Frieden.

Vielleicht später einmal. Wann war später?

Immer wieder legte Alina dieselben Schallplatten auf. Sie ließ den Jazz sehr laut ertönen, immer wieder die gleichen Stücke: „Fontessa" vom Modern Jazz Quartet, und „Blue Moods" von Miles Davis. Das ganze Haus erzitterte, wenn Alina Musik aus den 50er-Jahren hörte. Lauter und lauter. Nicht nur die Ohren betäubend.

Die Nachbarn läuteten an der Tür, baten Alina höflich, doch leiser zu spielen. Sie waren freundlich, mitfühlend, hatten Verständnis für ihre Situation.

„Die Zeit heilt alle Wunden", sagten sie.

Alina aber wusste, spürte, dass das nicht stimmte.

„Die Zeit heilt keine Wunden", dachte sie,

„Die Zeit legt sich wie ein Wundpflaster über die Verletzungen. Verschwunden sind sie. Scheinbar. Wenn man aber an dem Pflaster reißt, gehen die Wunden wieder auf."

In diesem Zustand verblieb Alina drei Wochen. Sie sah ständig fern, unmäßig oft. Zahnpastawerbung, Quizze, Nachrichten, Tiersendungen, Komödien, Nachrichten. Nichts davon erreichte ihr Gehirn. Sie verstand keinen Film, kein Theaterstück. Es war zu kompliziert für sie.

Lange lag sie im Bett, manchmal bis in den Nachmittag hinein. Sie schleppte sich durch die Tage und die Zeit. Ab und zu kam ihre Freundin Liliya aus dem Krankenhaus sie besuchen. Alina aber zog es immer wieder ins Alleinsein.

Dann wagte sie die ersten Spaziergänge.

Ihre Ausflüge wurden immer länger, und manchmal erreichte die Sonne auch ihr Gemüt.

Schließlich rief sie Klaus Winter an.

Was sich zwischen den beiden entspann, war eine zarte, einfühlsame, warme, ungewöhnliche ‚Affäre‘. Liebe war es nicht. Nein. Aber eine respektvolle, zerbrechliche Beziehung, wie sie besser nicht hätte sein können, wäre Liebe das Fundament gewesen.
Alina fand Trost in dieser vorsichtigen Liebelei.
Dr. Winters Frau wusste von der ‚Affäre‘. Sie war traurig, hoffte aber, dass diese ‚amour fou‘ bald zu Ende ging.
Klaus Winter besuchte Alina regelmäßig in ihrer kleinen Wohnung, in ihrer leeren Wohnung. Da war kein Ralph, keine Dina.
Ja, sie schliefen miteinander, im wahrsten Sinn des Wortes. Eingerollt lagen sie da, wenn ihnen danach war. Einmal auch auf der Wiese oberhalb des Gekreuzigten. Die Haut von Alinas Liebhaber war alt, voller Falten, er war 75. Sie küsste diese Falten, streichelte sein weißes Haar. Dr. Winter rammte sein Glied nicht in Alinas Scheide, niemals. Er legte sich zu ihr, damit sie einander spüren konnten. Zu ihr, Alina, legte er sich. Ganz still.
Er stieß auch seine Zunge nicht grob in ihren Rachen, wie Alina das von anderen Männern kannte. Seine Lippen waren weich und jung, und sie berührten die Alinas wie ein warmer Bach. Ganz vorsichtig. Die Küsse schmeckten wie Mohnblumen, wie dunkle Schokolade. Und er griff in ihr Haar, als wäre es ein Buschen Anemonen.

Klara hörte auf, ihre Finger über die Computertasten zu jagen.
Sie hatte selbst noch nie eine solche Zärtlichkeit erlebt, wie sie Alina mit Dr. Winter genoss. Zumindest in ihrem, Klaras, Text. Warum sie die Begegnungen ihrer Romanfigur Alina mit ihrem Liebhaber so genau beschrieb, wusste sie nicht. Es schrieb sich einfach.

Dr. Winter fragte Alina nie, wie es ihr ging. Nie. Das fragten ohnehin alle anderen, denen sie zufällig begegnete. Er redete nicht von Dina. Und wenn er das manchmal doch tat, dann nur, weil Alina das wollte.

Er fragte nicht nach ihren Gefühlen, und er gab ihr keine Ratschläge.
Die Leute, die Alina kannten, fragten immer das gleiche:
„Wie geht es dir?"
Wie sollte es ihr schon gehen?
„Du musst dir Zeit geben", rieten sie Alina.
Du musst. Du musst. Nichts musste sie.
Alina war in einem Trauerzug gefangen. Die Menschen gingen, nein,
schritten schwarz gekleidet und mit traurigem Gesicht durch die Straßen.
Sie, Alina, war dabei. Wenn sie aber mit Dr. Winter zusammen war,
dann war das ein Ausstieg aus diesem Trauerzug. Der Zug hielt an, sie
konnte aussteigen und leben. Ein wenig leben.

Danach musste sie wieder zurück in den Zug. Und sie wartete auf
den Tag, an dem der Trauerzug ohne sie wieder abfahren würde. Den
Tag, an dem die Trauergäste zu Löwenzahnsamen wurden und davon-
flogen, leicht und durchscheinend.

Alina wollte zurück ins Bombenland. Sie glaubte, das wäre sie Dina schuldig. Glaubte, diesen Besuch wäre sie außer ihrer Tochter auch ihrer Heimat schuldig. Aber es war nur die erste Station einer Flucht. Weg aus Karberg, weg aus dem Land, in dem sie seit Jahren wohnte, weg von den Erinnerungen an ihre Tochter.

Sie ließ sich für ein halbes Jahr karenzieren. Die Ersparnisse reichten dafür aus. Und trotz der Warnungen ihres Geliebten machte sie sich auf den Weg. Wahrscheinlich hatte Dr. Winter einfach Angst um sie. Alina aber war mutig genug für diesen Schritt.

Die Reise ins Bombenland war für Alina eine gute Entscheidung. Sie fand ein Land im Wiederaufbau vor, überlegte sogar, wieder hierher zu ziehen. Der Begriff ‚Heimat' wurde für sie greifbar und real. War nicht nur ein Ausdruck der Hakenkreuzler, aus deren Mitte Dina gerissen worden war.

Alina fand – über eine Rotkreuzstelle – sogar eine alte Freundin aus ihren Kinderzeiten. Die Begrüßung war vertraut, die Umarmung herzlich. Und gemeinsam arbeiteten sie in einem Krankenhaus, das durch die Bomben nur wenig Schaden erlitten hatte. Alina als Pflegerin, die Freundin als Schreibkraft. Die Welt schien in Ordnung zu sein.

Aber dieser Text, den Klara da über Alinas Rückkehr ins Bombenland geschrieben hatte, war nicht richtig, nicht aufrichtig, das spürte sie ganz deutlich. Der Abschnitt in ihrem Buch war verlogen, versuchte gutzureden, was nicht gut war.

Sie versuchte es nochmals:

Die Reise ins Bombenland war für Alina eine einzige Enttäuschung. Sie kannte niemanden mehr, das Land war zerbombt. Noch immer. Die Ruinen ihrer Stadt Chirkow starrten sie unbeweglich an, festgefroren in völliger Zerstörung. Es roch nach altem Blut und altem Krieg. Die dunklen Flecken auf dem Asphalt zeugten von Tod und Wahnsinn. Ihr Wohnbezirk war zwar mit sparsamen Mitteln wiederaufgebaut worden, aber alles sah anders aus. Die modernen Häuser passten nicht zu Alinas Erinnerungen. Der Ort kam ohne Vergangenheit daher, ohne Geschichte. Die Jahrhunderte alte Geschichte, die vor dem Krieg deutlich spürbar gewesen war in diesem Land, in dieser Stadt, war niedergebombt worden. Ihre Freunde von damals waren weggezogen oder tot. Es war ernüchternd für Alina, und doch sah sie da ein paar gelbe Blumen neben der Straße, und sie traf Menschen voll vorsichtiger Zuversicht.

Nach zwei Wochen, in denen sie kaum mit jemandem gesprochen hatte, fuhr sie nach Karberg zurück. Zurück zu ihrer toten Dina.

Es musste wohl noch einiges passieren, bis sie frei sein konnte. Bis sie aus dem Trauerzug aussteigen konnte.

Für einen Moment glaubte sie zu wissen, wo sie seit Jahren hingehörte. Aber sie war sich keineswegs sicher. Karberg, ihr Zuhause?

Langsam wachte Alina auf aus ihrer Dumpfheit. Sie war noch immer freigestellt, vermisste aber das Krankenhaus schon ein wenig.

Bei einem ihrer dumpfen Fernsehabende sah sie zufällig eine Dokumentation über Palästina. Ein Land, das sie nicht kannte. Sie versuchte, vor dem Fernsehschirm zu begreifen, worum es ging.

Es ging wohl um ein Stück Land. Ein Stück Land, das Israel und Palästina gleichermaßen haben wollten.

Alina erfuhr, dass man den Juden nach dem großen Krieg ein riesiges Stück Land angeboten hatte, das sie bewässert, beackert, gepflegt haben. Dass sie sich mit viel Arbeit und Begeisterung eine neue Heimat geschaffen hatten, bewaffnet und gerüstet für jede Art von Angriff.

Das konnte Alina gut verstehen.

Was aber war mit den Leuten, die vorher hier gewohnt und gelebt hatten? Es war ihr Land gewesen. Die neuen Bewohner besetzten dieses Land. Die bisherigen Eigentümer aber mussten fliehen. Auf einem anderen Grundstück wurde ihnen erlaubt zu leben. Aber selbst das wurde besetzt von den Juden.

„So sehen wohl die Palästinenser die Situation", sagte ein Wissenschaftler in dieser Doku. Alina hörte zu. Ganz genau zu.

„Tausende Tote und Verletzte hat es schon gegeben. Tote Kinder, verletzte Mütter, gefallene junge Männer. Es ist ein scheinbar unlösbarer Konflikt, und immer gibt es mindestens zwei Wahrheiten über einen Sachverhalt. Tote aber fragen nicht, welche Wahrheit richtig ist und welche falsch."

Alina begann, sich für die Palästinenserbewegung zu interessieren. Las Bücher über den Konflikt, sah sich Bilder an. Verstand nicht alles, aber das Wesentliche. Glaubte sie zumindest.

Plötzlich wusste sie, dass sie dorthin wollte. In den Gazastreifen. Zu jenen Leuten, denen ihr Land genommen worden war, denen die Besatzer vorschrieben, was sie zu tun und zu lassen hatten. Sie wollte dorthin, um zu helfen. Um im Chaos zu helfen.

Ja, dorthin wollte sie. Bald.

Klara hielt inne beim Schreiben. Aufwühlende Erinnerungen an den Überfall in ihrer Buchhandlung schrieb sie sich da herbei. Erinnerungen an Mahmud und die anderen. Erinnerungen an eine noch nicht verheilte Wunde. Warum schrieb sie Alina dieses Interesse zu? Warum ließ sie die Geschichte in ihrem Roman sich nicht anders entwickeln?

Sie begann wieder, auf die Tastatur zu hämmern. Es war schon längst Nacht geworden.

Zunächst arbeitete Alina wieder im Krankenhaus in Karberg. Die Idee, für eine Zeit lang nach Palästina zu gehen, hatte sie nicht aufgegeben. Ihre Freundin im Spital wusste von dieser Idee, doch sagte dazu nur: „Seltsam, wofür du dich in letzter Zeit interessierst", und wandte sich ab.

Zunächst aber engagierte Alina sich neben ihrem Spitalsdienst in der Flüchtlingsbetreuung. Vielleicht eine Vorstufe zu Palästina. Auch hier, im alten Verwaltungsgebäude der Burg, waren Menschen, denen man genommen hatte, was ihr Rückgrat gewesen war.

Das Spital stellte sie für drei Stunden pro Woche frei für diese Arbeit. Es war nicht einfach, mit Leuten zusammen zu sein, die aus irgendeinem Grund, der dramatisch gewesen sein musste, aus ihrer Heimat geflüchtet waren. Ein gewisses Misstrauen lag in ihren Augen, aber auch Dankbarkeit.

Alina machte diese Arbeit gerne. Sie stopfte Socken, kochte, spielte mit den Kindern, lernte mit ihnen. Und sie lernte es auszuhalten, dass die Geflohenen sie mit leiser Skepsis beäugten. Den Papierkram erledigte eine Angestellte der Hilfsorganisation, damit brauchte Alina sich nicht zu befassen.

Sie schämte sich ein wenig, dass sie immer wieder leise murmelnd mit Dina sprach:

„Siehst du, so geht es auch, Dina. Es sind doch alles Menschen, die da zu uns ins Land wollen. Menschen, die Unglaubliches und Schreckliches hinter sich haben."

Vielleicht wollte Alina aber auch nur das Entsetzliche, das sie selbst erlebt hatte, durch das noch entsetzlichere Schicksal dieser Heimatlosen übertünchen. Ihr eigenes Leid aufgehen lassen im Leid anderer. Und das gelang ein wenig.

Meist ging sie nach den drei Betreuungsstunden im alten Verwaltungsgebäude erschöpft nach Hause. Vorbei bei dem Wohnturm, in dem angeblich eine Frau allein wohnte. Vorbei an der Feuerwehr und am Kindergarten. Einfach nach Hause, wo niemand sie erwartete.

Klara hatte aufgehört zu schreiben und schlief ein paar Stunden. Auf ihrem Schreibtisch fand sie morgens einen Zettel mit den hingekritzelten Worten:

„Ich war hier. Ich bin Alina aus deinem Buch. Such mich nicht, auch wenn ich einmal fort sein sollte. Wenn es so weit ist, schreib weiter. Dann werd' ich wiederkommen." Klara erschrak. Woher war diese unverständliche Nachricht? Es war unheimlich, gespenstisch. Sie hoffte zu träumen, ging ins Bad, versuchte, schnell wach zu werden. Nach der Dusche ging sie nochmals zu ihrem Arbeitsplatz am Schreibtisch zurück. Sie musste sich eingestehen, dass sie es fast nicht wagte hinzusehen. Aber da war kein Zettel mehr, keine hingekritzelten Buchstaben, nichts. Klara stufte das als Beweis ein, dass sie geträumt hatte. Erleichtert zog sie sich an.

Sie kannte das. Kannte das Phänomen, einen Traum für Wirklichkeit zu halten. Aber auch das Umgekehrte passierte ihr mitunter. Der Überfall auf ihren Buchladen war ein Beispiel dafür. Diesen Überfall hatte sie zwei Tage später kurz für einen Traum gehalten. Sie war sich sicher gewesen. Leider war die Wirklichkeit stärker als ihre Träume.

Bekannte fragten Klara, ob sie bereit wäre, bei der Betreuung der Flüchtlinge zu helfen. Das Haus lag ja nicht weit von ihrer Turmwohnung entfernt. Sie sagte zu. Schämte sich, nicht selbst aktiv geworden zu sein.

Am vereinbarten Tag ging Klara die paar Minuten hinauf zum alten Verwaltungsgebäude. Schon am Weg dorthin zweifelte sie daran, ob diese Zusage richtig war für sie.

„Aber es musste ja nicht richtig für sie, Klara, sein, sondern richtig für die Männer, Frauen, Kinder im Haus, oder?", dachte sie.

Sie überlegte hin und her, beschwor ihre schwach ausgeprägte Hilfsbereitschaft, wusste nicht, ob sie überhaupt geeignet war für so etwas.

Im letzten Moment, schon vor dem Eingangstor, war sie sich sicher, dass dies nichts für sie war. Flüchtlinge betreuen. Nein. Klara drehte um, beschämt und erleichtert zugleich.

„Ich kann das nicht, ich bin unfähig." Damit kaschierte sie ihren Unwillen, hier zuzupacken. Alina hatte das gekonnt. Ja, Alina.

Klara ärgerte sich über sich selbst und ging zurück zu ihrem Turm, den sie in letzter Zeit außer für ihre Arbeit oder ihre Einkäufe nur selten verließ. Sie liebte ihren Narrenturm, und seit dem Überfall flüchtete Klara sehr oft in die Abgeschiedenheit ihrer runden Wände.

Gedichte wurden immer öfter zu ihrer Lieblingslektüre. Gedichte der alten Meister, die oft nichts mit schrecklichen Schicksalsschlägen zu tun hatten. Klara suchte sich genau diese Gedichte aus. Naturschilderungen, Liebesgedichte und ähnliches. Sie liebte Eichendorff, mochte Goethe gern, las viel von Ringelnatz. Die Wirklichkeit sollte draußen bleiben. Der Eintritt in Klaras Turm war ihr untersagt.

Eine Person aber hatte das Recht, sie zu besuchen. Jederzeit. Klara hatte sich mit Dr. Winters Frau angefreundet. Dr. Winter, dessen Gesellschaft sie damals im „Café Vienne" abgelehnt hatte.

Klara und Gerda verstanden sich gut, und Gerda wusste viel über Lyrik, was Klara gefiel. Und so saßen sie oft bis in die Nacht und redeten, redeten.

Das eigene Buch, das Klara gerade zu schreiben versuchte, war in diesen Momenten fast vergessen. Gerda wusste aber davon. Und sie wusste auch ein wenig von Alinas Leben. Klara hatte es ihr erzählt. Alinas Leben. Lebte sie denn?

66

Alina beschloss, eine Ausbildung zur notärztlichen Assistentin zu machen. Wenn sie wirklich nach Palästina reisen sollte, wollte sie dort nützlich sein, Kranke pflegen, aber auch Verwundete. Diese Ausbildung wurde an Alinas Krankenhaus angeboten. Das einzige Spital im Land, in dem das möglich war. Für sie als diplomierte Krankenpflegerin würde der Kurs nur zwei Monate dauern, und sie würde vom Land finanzielle Unterstützung bekommen. Alina meldete sich an.

Nach zwei Monaten konnte sie ihren Abschluss machen. Natürlich war sie stolz darauf. Sehr stolz.

Sie nahm – wie schon vor zwei Monaten besprochen – Kontakt mit den „Ärzten ohne Grenzen" auf, packte ihre Sachen, nahm mit, was unbedingt nötig war und erwartete mit Spannung das Neue, mit dem sie bald konfrontiert sein würde. Ein neues Leben würde das sein. Ein aufregendes Leben. Wahrscheinlich ein schwieriges Leben.

„Was Alina kann, kann ich auch", dachte Klara. Vielleicht war das eine kindliche Einstellung, aber sie führte dazu, dass sie Ausschau hielt nach einer soliden Ausbildung zur Bibliothekarin. In vielen Städten war es möglich, eine solche Ausbildung zu machen, unter anderem in Leipzig. Dorthin wollte sie schon lange. Sie besprach sich mit Gerda Winter. Die würde in Klaras Abwesenheit den Buchladen führen. Als Verlegerin war das für Gerda keine große Sache, und Klara vertraute ihr.

Also packte sie, nahm mit, was nötig war, auch ihren Laptop mit dem Skriptum des noch unfertigen Romans, und freute sich auf die fremde Stadt. Ihren geliebten Turm zu verlassen, fiel ihr nicht leicht. Irgendwann aber musste sie doch aus ihrer Abgeschiedenheit hinaus und Neues wagen.

Nach zwei Monaten konnte sie ihren Abschluss machen. Natürlich war sie stolz darauf. Jetzt galt es abzuwägen, was als Nächstes für sie in Frage kam.

*Alina war zusammen mit der Ablösecrew von „Ärzte ohne Grenzen"
aufgebrochen, um über den Flughafen Ben Gurion in die Palästinenser-
gebiete zu gelangen. Der Arzt, dem sie zugeteilt worden war, begrüßte
sie fast väterlich und wünschte ihr, dass sie all dem gewachsen sein würde.
„Natürlich bin ich das", dachte Alina.*
Natürlich.

*Aus ihrer Blauäugigkeit wurde unerträgliche Erfahrung. Araber töteten
Israelis, Israelis töteten Araber. Das war der Punkt. Sonst nichts. Alles
andere war unwichtig. Alle Theorie war nichtig. Da verbluteten Kinder.
Alina erinnerte sich an die Doku, die sie gesehen hatte. Bloße Wörter waren das gewesen, nur Wörter. Wörter aus einer fernen Zeit. Auch
der Überfall der Hakenkreuzler auf den Buchladen war weit weggerückt, weggerückt in ein lächerlich ahnungsloses Land. Aber in diesem
ahnungslosen Land war ihre Tochter umgekommen. „Araber und Juden
raus! Raus aus unsrem Land!"
Für Alina gab es hier in Palästina keine verletzten Araber, keine verletzten Juden. Für diesen Unterschied hatte sie gar keine Zeit. Es gab
Kinder mit zerschossenen Beinen, zerschossenem Kiefer, Buben ohne
Arm. Einfach Buben. Da lagen Männer, die in der Lazarettstation leise „Mama" flüsterten. Immer wieder. „Mama".
Auch den Ärzten war es egal, ob sie Araber oder Juden reparierten.
Irgendwann dachte Alina nicht mehr an Dina. Irgendwann.*

*An einem Sonntag schickte ihr Ralph eine SMS mit der Nachricht:
„Dr. Winter ist an einem Herzinfarkt gestorben".
Es war eigenartig, dass sie das nur wenig berührte. Es war ein ande-
res Leben in einer anderen Welt, von dem sie da erfuhr.*

Klara wollte nach Gaza. Dorthin, wo Alina war. Sie arrangierte das Nötige mit Gerda Winter. Ihr verriet sie, dass sie nach Israel wolle, aber sie sagte nicht, dass sie dabei Alina, der Protagonistin ihres unfertigen Romans, nachfahren würde. Sie löste die Abteilung „Jüdische Kultur" in ihrem Buchladen auf. Die Besucher fanden stattdessen Bücher und Artikel über die Geschichte des Commonwealth.

Von Gerda erfuhr Klara auch, dass Dr. Winter tot war. Die Nachricht berührte sie nur wenig. Sie, Klara, hatte ihn ja kaum gekannt. Ein kurzer Wortwechsel im „Café Vienne", das war alles gewesen.

Während Klara in Leipzig ihren Kurs zur Bibliothekarin absolviert hatte, hatte Hannes, ihr Freund, ein Engagement als Geiger in die Schweiz angenommen. Sie würden sich wohl nur noch selten sehen.

Klara packte ihre Koffer und war weg. Ließ ihren Turm allein. Auf dem Flug nach Israel über Tel Aviv nach Gaza, zweifelte sie kurz an ihrem Unterfangen. Aber nur kurz. Dass Alina nicht real war, hatte sie fast vergessen. Für sie war es ganz klar, dass sie ihrer Buchfigur begegnen würde in Gaza. Sie war aufgeregt, nervös. Natürlich.

Nach nur drei Tagen im Gazastreifen buchte sie den Rückflug. Sie fühlte sich völlig fremd in diesem Land, und sie hatte Alina nicht gefunden. Wie auch? Sie hatte nur Staub und heißen Sand in flimmernder Luft gesehen. Männer in Uniformen, Israelis, Palästinenser. Niemand hatte sich um sie gekümmert.

Sie verließ den Hexenkessel Gaza und flog nach Hause. Enttäuscht war sie. Erzählte daheim niemandem von ihrer missglückten Reise. Dass sie Alina nicht begegnet war, stimmte sie traurig.

Nach ihrer Arbeit im Gazastreifen bat man Alina, mit nach Eritrea zu kommen. Sie sagte zu. Dass sie gebraucht wurde, war gut.

Ob sie noch Alina Schuhman war, wusste sie nicht mehr.

In Eritrea wohnte das Team von „Ärzte ohne Grenzen" in einem großen Haus, das Deutschen gehörte. Es lag eine Stunde entfernt von der medizinischen Station, wo Alina den Ärzten half. Die Arbeit war ernüchternd. Es gab viele Tote durch Unterernährung. Sie verhungerten, einfach gesagt. Aber das Leben hier war still, vielleicht zu still. Totenstill. Schicksalsergeben fanden sich die Einheimischen bei der medizinischen Station ein und hofften auf Hilfe. Immer wieder langten Hilfslieferungen aus anderen Gebieten Eritreas ein, aber es reichte nicht für die Menschen hier.

Nachdem die Zeit für den Einsatz in Eritrea zu Ende gegangen war, verlor sich Alinas Spur.

Klara aber wollte wieder hinterher. Sie musste Alina finden, wie auch immer.

Der Flug nach Addis Abeba und dann weiter nach Eritrea war schnell gebucht. Gerda Winter konnte sie nicht abhalten. Die Freundin wusste inzwischen um Klaras seltsame Suche nach Alina. Machte sich Sorgen um sie.

„Du reist einer fiktiven, unwirklichen Figur nach, Klara. Alina gibt es nicht."

„Doch. Ich hab' Alina erfunden, also gibt es sie", lachte Klara zurück.

Sie blieb drei Tage als Touristin in Eritreas Hauptstadt, wusste nicht so recht, was sie hier tun sollte. Schließlich zog sie für weitere drei Tage aufs Land. Sie hatte vom Haus der Deutschen gehört und ließ sich in zwölfstündiger Fahrt dorthin fahren. Eine andere Ärztecrew arbeitete inzwischen hier, und auf Klaras Frage nach Alina wusste keiner eine Antwort. Sie war verschwunden. Einfach weg. Klara blieb drei Nächte bei den Deutschen, fuhr dann wieder zurück in die Hauptstadt.

Klara flog nach Helsinki. Heim wollte sie noch nicht. Sie wohnte im wunderschönen Jugendstilviertel von Helsinki, rief Frau Winter an und klärte ab, ob sie noch ein Monat in dieser nördlichen Stadt bleiben könnte. Sie konnte. Gerda Winter bat sie zwar, nichts Unüberlegtes zu tun, aber sie würde sich um den Buchladen und um alles andere kümmern. Seit dem Tod ihres Mannes hatte sie mehr Zeit.

Wo Alina geblieben war, wusste Klara nicht. Es war auch gleichgültig, denn Alina gab es nur in Klaras Schreiben, das sie in Helsinki vorantrieb. Es fehlten noch einige Seiten, vielleicht auch viele. Jedenfalls schrieb sie. Stundenlang. Wie hatte doch der Text auf dem Zettel in ihrem Arbeitszimmer gelautet?

„Such mich nicht, auch wenn ich einmal fort sein sollte. Wenn es so weit ist, schreib weiter. Dann werd' ich wiederkommen."

Es blieb unverständlich, aber es war ja auch ein Traum gewesen.

Nach zwei Wochen brach Klara ihren Aufenthalt plötzlich ab und flog in ihre Heimat zurück. Zurück zu ihrem Narrenturm unterhalb des alten Verwaltungsgebäudes, das inzwischen leer stand.

Nach reiflicher Überlegung beschloss sie, an ihrem Buch nicht mehr weiter zu arbeiten. Es war genug. Alina würde nicht mehr zurückkommen.

Gerda Winter sagte dazu nur:

„Es hat sie doch nie gegeben, oder?"

„Vielleicht doch", meinte Klara.

Obwohl Klara spürte, dass Alina gänzlich aufhören würde zu existieren, wenn sie aufhörte zu schreiben, hatte sie keine Lust mehr. Das Manuskript blieb unvollendet. Klara wollte leben, nicht schreiben.

Alina Schuhman gab es also nicht mehr. Und Klara schwor sich, nie wieder zu versuchen, ein Buch zu schreiben.

Nie wieder.

Dieser Schluss gefiel ihr nicht. Das musste anders enden. Vielleicht so:

Nach zwei Wochen in Helsinki brach Klara ihren Aufenthalt plötzlich ab und flog in ihre Heimat zurück. Zurück zu ihrem Narrenturm unterhalb des alten Verwaltungsgebäudes, das inzwischen leer stand. Nach reiflicher Überlegung beschloss sie, das Buch, bei dem nur mehr wenige Seiten fehlten, in den nächsten drei Nächten zu Ende zu schreiben. Am dritten Morgen sah Klara vom Fenster ihres Arbeitszimmers aus eine Frau mit einem gelben Blumenstrauß auf dem Fahrweg heraufkommen. Zu Fuß. Es war Alina. Klara war sich sicher. Die Frau wollte nicht zu ihr, das sah Klara. Vielleicht ging sie zum hölzernen Jesus hinauf. Sie wollte sich wohl entschuldigen für die Ohrfeige damals. Ja, es war Alina. Sie war also tatsächlich zurückgekommen.

Das Manuskript hatte Klara in diesen drei Nächten fertig geschrieben. Und nach drei Monaten wurde ein Buch daraus.

Der Roman von Claire Vivante mit dem Titel „Alina, die andere Frau" verkaufte sich gut.

Die Autorin

Ilse Nekut, 1947 in Wien geboren, Studium der Mathematik und der Physik, Gymnasiallehrerin. 1985 Übersiedlung nach Niederösterreich. Langjährige Kulturkolumnistin einer lokalen Zeitung und Mitarbeit bei diversen Kulturprojekten. Nach ihrer Tanzausbildung engagierte Tanztheaterchoreografin und Verfasserin einiger Theaterstücke.

Sie liebt die Herausforderung, Ideen und Bilder aus ihrem Kopf in die Realität umzusetzen. Für sie ist das Verfassen von Geschichten ein Schaffen von Wirklichkeit, die Menschen erreichen, berühren und verändern kann.

Mag Dokus über Kosmologie und das Mah-Jongg-Spiel.

Bisher fünf veröffentlichte Romane, davon zwei im novum-Verlag: „Der letzte Stein" und „Die zweite Grenze".

novum ⚡ VERLAG FÜR NEUAUTOREN

Der Verlag

*Wer aufhört
besser zu werden,
hat aufgehört
gut zu sein!*

Basierend auf diesem Motto ist es dem novum Verlag ein Anliegen, neue Manuskripte aufzuspüren, zu veröffentlichen und deren Autoren langfristig zu fördern. Mittlerweile gilt der 1997 gegründete und mehrfach prämierte Verlag als Spezialist für Neuautoren in Deutschland, Österreich und der Schweiz.

Für jedes neue Manuskript wird innerhalb weniger Wochen eine kostenfreie, unverbindliche Lektorats-Prüfung erstellt.

Weitere Informationen zum Verlag und seinen Büchern finden Sie im Internet unter:

w w w . n o v u m v e r l a g . c o m

Ilse Nekut

Der letzte Stein

ISBN 978-3-99107-706-0
140 Seiten

Das Leben der Wienerin Dora wird anhand von markanten Ereignissen spürbar. Am Ende entsteht ein buntes Lebensmosaik
aus kleinen Puzzlesteinen: Der erste Kuss, der Mord an Ken-
nedy und Paul, die Liebe ihres Lebens, sind nur einige dieser
„Lebenssteine".

novum ▲ VERLAG FÜR NEUAUTOREN

Ilse Nekut

Die zweite Grenze

ISBN 978-3-99131-366-3
142 Seiten

Zwei junge Leute, Sven und Jana, wohnen in einer fiktiven Kleinstadt der nahen Zukunft. Allen geht es gut, alle sind gesund. Wenn es nicht doch Nachteile gäbe.

Sie brechen zur Grenze ihres Landes auf, wo eine große Überraschung auf sie wartet …